KB114874

권오숙 교수의 해설과 함께 읽는

The Merchant of Venice

베니스의 상인

서연비람은 조선 시대 왕궁 내, 강론의 자리였던 서연(書筵)에서 여러 경전의 요지를 모아 엮은 왕세자의 필독서(비람備覽)를 말합니다. 서연비람 출판사는 민주주의 국가의 주인인 시민들 역시 그처럼 지속 가능한 과거와 현재, 미래의 이치를 깨우치고 체현해야 한다는 믿음으로 엄선한 도서를 발간합니다.

서연비람 셰익스피어 선집 6

권오숙 교수의 해설과 함께 읽는

베니스의 상인

초판 2쇄 2021년 11월 30일
지은이 윌리엄 셰익스피어
옮긴이 권오숙
펴낸이 윤진성
펴낸곳 서연비람
등록 2016년 6월 29일 제 2016-000147호
주소 서울시 강남구 도곡로 422, 5층
전화 02-563-5684
팩스 02-563-2148
전자주소 birambooks@daum.net

ⓒ 서연비람 2018, Printed in Korea.

ISBN 979-11-89171-14-8 04840
ISBN 979-11-89171-13-1 (세트)

값 12,000원

「이 도서의 국립중앙도서관 출판예정도서목록(CIP)은 서지정보유통지원시스템 홈페이지(http://seoji.nl.go.kr)와 국가자료공동목록시스템(http://www.nl.go.kr/kolisnet)에서 이용하실 수 있습니다.(CIP제어번호: CIP2018043017)」

서연비람 셰익스피어 선집 **6**

권오숙 교수의 해설과 함께 읽는

The Merchant of Venice

베니스의 상인

윌리엄 셰익스피어 | 권오숙 옮김

해설이 있는 셰익스피어 번역본을 출간하면서...

셰익스피어 연구자로서 오랫동안 학술적 활동과 대중적 활동, 양방향에서 참 열심히 뛰어왔다. 상아탑에서 영문학을 전공하는 학생들에게 셰익스피어 작품을 가르치는 일, 학술 논문을 쓰고 학회에서 발표하는 일, 셰익스피어를 알고, 읽고 싶어 하는 일반인들을 위한 대중 강연, 셰익스피어 작품의 우리말 번역 등등.

그런 활동들을 하면서 계속 해갈되지 않는 문제 하나가 가슴에 남아 있었다. 그건 어떤 번역본을 읽어야 하나? 라는 질문에 대한 답변이었다. 질문을 받을 때마다 선뜻 답하기 쉽지 않았다. 물론 그동안 훌륭한 셰익스피어 학자들이 정성을 다해 번역을 해왔으나 번역과 작품 해설이라는 천편일률적인 구성에, 운문이라는 셰익스피어 텍스트가 지닌 특성으로 인한 가독성 문제, 이해가 되지 않는 비유와 말장난 등 번역서마다 나름의 좋은 점과 부족한 점을 지니고 있었기 때문이다. 본 역자도 다른 출판사에서 셰익스피어 번역 작업에 참여했지만 대체로 세계 문학 전집에, 아님 셰익스피어 전집에 한두 권 삽입된 것이라서 전집의 전체 틀에서 벗어날 수 없었다.

서연비람과 셰익스피어 시리즈 번역 작업을 시작하면서 그 숙제를 해갈하고 싶었다. 책을 다 읽고 나서도 뭔가 명확히 이해되지 않고, 안개에 덮인 것처럼 잡힐 듯 말 듯 갈증을 느끼며 책을 덮었던 독자들에게 새로운 번역본을 건네주고 싶었다. 그래서 그동안 국내 거의 모든 번역본이 지니고 있는 형식을 파격적으로 깼다. 우선 번역을 읽기 전에 알고 있으면 좋은 정보들을 번역 앞쪽에 배치했다. 그리고 번역은 가능한 가독성에 방점을 두었다. 물론 그러다 보면 셰익스피어의 현란한 비유적 표현과 말장난들을 놓칠 수밖에 없다. 내 능력이 허락하는 범위에서 살릴 수 있는 한 그런 요소들을 최대한 살리려고 노력하는 가운데 가독성에 문제가 생길 경우는 과감히 포기했다. 그리고 번역 뒤쪽에는 두루뭉술한 해설이 아니라 작품의 가장 중요한 논점들을 하나하나 짚어 설명하였다. 한마디로 단순한 번역서가 아니라 해설과 함께 읽는 번역서인 것이다. 그러다 보니 번역 과정에도 시간이 많이 들었지만 해설 작업에도 시간과 공을 많이 들였다.

모쪼록 이 번역본의 새로운 시도로 국내 독자들이 셰익스피어를 좀더 쉽게 이해하고, 즐길 수 있게 되길 바랄 뿐이다. 본 번역본은 존 러셀 브라운(John Russell Brown)이 편집한 아든판 셰익스피어의 1989년판을 저본으로 삼았다.

역자 권오숙

일러두기

1 이 책의 앞쪽에 있는 셰익스피어 생애나 시대, 당대 무대 환경 등의 내용은 필자의 주관적인 생각이 아니라 사실을 전달하는 것이므로, 이미 필자가 내놓은 많은 저술들의 내용과 거의 비슷하다. 그래도 셰익스피어 작품을 이해하는 데 꼭 필요한 요소여서 불가피하게 제공한다.

2 이 극의 배경은 베니스이다. 외래어 표기법에 의하면 베네치아라고 표기하는 것이 옳으나 이미 너무 친숙한 책 제목을 바꾸는 것이 어색하여 그냥 영어식 발음으로 표기하였다. 등장인물의 이름들도 대체로 영어식 발음을 따랐다.

3 셰익스피어 극은 대체로 운문으로 되어 있어서 행을 밝혀주는 게 원칙이다. 대사 옆에 5단위로 표기한 숫자가 행수이다.

4 대사가 중간에서 시작하는 부분(이에 대해서는 39쪽에서 자세히 설명하고 있다)은 앞줄의 대사와 함께 한 행으로 취급된다.

차례

셰익스피어 작품을 읽기 전에

셰익스피어 작품을 더 잘 이해하기 위해 먼저 읽어 보세요!

어떤 작가의 작품을 읽을 때 그 작가의 생애나 그 작가가 살았던 시대의 문화, 사상 등에 대해 알면 조금 더 이해하기 쉽습니다. 특히 셰익스피어처럼 400년 전에 살았던 작가인 경우, 그 시대적 특징을 모르면 쉽게 이해되지 않는 점이 많아요. 게다가 셰익스피어는 극작가이기 때문에 당시의 연극이나 극장 환경에 대해서도 알아야 작품을 더 잘 이해할 수 있습니다. 그래서 셰익스피어 작품을 읽을 때 알아 두면 좋은 정보들을 간단하게 정리해 봤습니다. 작품을 읽기 전, 필독해 주세요!

1. 셰익스피어의 생애

셰익스피어는 당대 최고 인기 극단의 레퍼토리 작가였던 깃에 비해 개인의 생애에 대한 기록들이 많이 남아 있지 않다. 그의 세례 기록이나 자녀들의 세례 기록, 사망 신고서, 동료 극작가의 비방글 등이 남아 있을 뿐이다. 학자들은 그동안 이런 단편적인 기록들을 짜 맞추어 그의 생애를 구축해 왔다. 그렇게 학계에서 공인된 사실들로 그의 생애를 간략하게 설명하고자 한다.

존 해밀턴 모티머,
〈시인〉, 1775, 뉴 헤이븐,
예일 브리티시 아트센터 소장

셰익스피어는 영국 르네상스 시대라 불리는 엘리자베스 1세 집권기인 1564년 4월 23일, 중부 지방인 워릭셔(Warwickshire)의 작은 마을 스트랫퍼드어펀에이번(Stratford-upon-Avon)에서 태어났다. 그는 부유한 상인이던 존 셰익스피어(John Shakespeare)의 8남매 중 셋째이자 장남으로 태어나 어린 시절을 유복하게 보냈다. 장갑 장사, 양모 장사 등을 한 것으로 알려진 아버지 존은 한때 사업이 번창하여 셰익스피어는 고급 사립 초등학교인 문법학교(Stratford Grammar School)를 다녔다. 그러나 셰익스피어가 13세가 되던 해 가세가 기울어 더 이상의 교육은 받지

스트랫퍼드어펀에이번에 있는 셰익스피어의 생가

못했다. 그런데 당시 스트랫퍼드의 문법학교는 라틴어 문학 같은 고전 문헌에 대한 교육을 제공했던 것 같다. 거기서 셰익스피어는 오비디우스(Ovid), 베르길리우스(Virgil), 호라티우스(Horatio), 테렌티우스(Terence), 세네카(Seneca) 등 그의 작품에 지대한 영향을 미친 고전 작가들을 접했을 것으로 추정된다. 셰익스피어는 작품 속에서 수많은 고전 작품들을 인용하거나 인유하며, 130여 차례가 넘는 라틴어 원문을 사용하고 있다.

셰익스피어는 1582년, 열여덟 살의 어린 나이에 여덟 살이나 연상인 앤 해서웨이(Anne Hathaway)와 결혼했다. 그와 앤은 수잔나(Susanna), 쌍둥이 햄닛(Hamnet)과 주디스(Judith) 3남매를 두었다. 그런데 아들 햄닛은 1596년에 열한 살의 어린 나이로 병사했다. 아들의 죽음이 『햄릿』을 비롯한 일련의 비극에 영향을 미쳤다고 주장하는 비평가들도 있다. 그런데 셰익스피어 부부의 나이가 많이 차이 나고 결혼한 지 6개월도 안 되어 첫째 딸 수잔나를 출산했기 때문에 두 사람의 결혼에 온갖 추측이 난무한다. 셰익스피어 극에 자주 등장하는 주제 가운데 하나인 '사랑의 맹목적성'이 어쩌면 그들의 결혼에 영향을 받은 건지도 모른다.

셰익스피어는 1580년대 후반부터 런던의 극장에 견습 배우로 고용되어 활동했을 것으로 추정된다. 이때부터 1592년까지 셰익스피어에 대한 기록이 전혀 남아 있지 않아서 이 시기를 '잃어버린 시기(the lost years)'라고 한다. 셰익스피어의 런던 생활과 관련된 최초의 언급은 1592년에 대학 출신 극작가인 로버트 그린(Robert Greene)이 그를 비방한 것으로 보이는 글귀이다.

우리의 깃털로 꾸민 벼락출세한 까마귀가 배우의 탈을 쓴 호랑이의 심장으로 그대들의 최상의 것만큼 훌륭하게 무운시로 뽐낼 수 있다고 생각하고 있으니. 그리고 그는 자신을 만능의 천재라 생각하여 자신만이 이 나라의 무대를 흔들 수 있다는 망상에 빠져 있소.[1]

이때 '배우의 탈을 쓴 호랑이의 심장'이라는 표현은 셰익스피어의 『헨리 6세 *Henry VI*』 3부에 나오는 '여자의 가죽을 쓴 호랑이의 심

---

1 이경식, 『셰익스피어 4대 비극』 서울대 출판부. 1996, 26쪽에서 재인용

장(1막 4장 137행)'이라는 대사를 패러디한 것이고, '나라의 무대를 흔든다(Shake-scene in a country)'라는 표현은 '셰익스피어'의 이름을 이용한 말장난이다. 이를 통해 볼 때 그린이 말하는 벼락출세한 까마귀는 셰익스피어임을 알 수 있다. 이 글로 보아 이때 이미 셰익스피어는 대학 출신 작가들의 시샘을 살 만큼 인기 있는 극작가가 되었음을 짐작할 수 있다.

셰익스피어는 '궁내부장관 극단(Lord Chamberlain's Men)'의 전속 극작가 겸 극단 공동 경영자이자 배우로 활동하면서 약 20년 동안 38편의 극을 썼다. 이 극단은 제임스 1세가 등극한 뒤에는 '왕의 극단(King's Men)'으로 바뀐다. 그리고 1592년부터 3년 동안 페스트(흑사병) 때문에 극장이 폐쇄되자 셰익스피어는 두 편의 설화시 『비너스와 아도니스 Venus and Adonis』, 『루크리스의 겁탈 The Rape of Lucrece』을 써서 자신의 후원자이던 사우샘프턴 백작(Earl of Southampton)에게 헌정했다. 그 밖에 셰익스피어가 쓴 것으로 알려진 154편의 소네트가 실려 있는 『소네트집』이 1608년에 출간되었다.

1597년에 셰익스피어는 고향에 뉴플레이스라는 대저택을 구입하고, 말년에 고향으로 돌아가 평온한 여생을 보내다가 1616년 4월 23일에 53세의 나이로 생을 마감했다. 교묘하게도 탄생일과 사망일이 4월 23일로 같은데, 탄생일은 세례일을 기준으로 추정한 날짜이고, 사망일은 사망 신고서를 기준으로 추정한 날짜이다.

셰익스피어가 죽은 지 7년 뒤인 1623년에 그의 극단 동료였던 존 헤밍(John Heminges)과 헨리 콘델(Henry Condell)이 그의 희곡 전집을 발간했다. 이 전집을 제1이절판(First Folio)이라고 한다. 가죽 장정으로 된 큰 판형인 이 판본은 이미 나온 사절판과 무대본을 종합하여 만든 질이 좋은 판본이다. 여기에는 36편의 극작품과 『비너스와 아도니스』, 『루크리스의 겁탈』, 『소네트집』까지 수록되어 있다.

셰익스피어 진위 논란

그런데 이렇게 많은 위대한 극작품과 시를 쓴 사람이 대학 교육도 받지 못한 셰익스피어가 아닐지도 모른다는 의문이 오랫동안 제기되어 왔다. 그의 개인사가 베일에 싸여 있고, 대학 교육도 받지 못한 사람이 천재적 상상력만으로 법학, 지리학, 역사, 고전 등의 전문 지식을 담고 있는 작품들을 썼을 수는 없다는 주장에 많은 사람들이 공감해 왔다.

그 외에도 스트랫퍼드의 셰익스피어 관련 기록에서 그가 문인이었다는 기록이 전무하다는 점, 살아생전 왕궁에서도 공연할 정도로 대단한 극작가였던 그의 사망을 추모하는 글이 한 줄도 발견되지 않았다는 점, 셰익스피어의 유서에 소장한 책들의 처분이나 자필 원고에 대한 언급이 전무하다는 점 등이 의혹의 근거가 되었다. 그래서 2007년 7월에 셰익스피어 관련 업종에 종사하고 있는 영국의 유명 배우와 연출가 287명이 같은 맥락의 '합리적 의심 선언'을 발표하기도 했다.

셰익스피어 작품들을 쓴 실제 인물로 거론된 사람들은 고전 경험론의 창시자인 프랜시스 베이컨(Francis Bacon), 젊은 나이에 의문의 죽음을 당한 동시대 극작가 크리스토퍼 말로(Christopher Marlowe), 사우샘프턴 백작과 함께 셰익스피어의 후원자로 알려진 에드워드 드 비어(Edward de Vere) 백작, 그리고 셰익스피어의 먼 친척이었던 헨리 네빌(Henry Neville) 등이다.

그 중 옥스퍼드 백작 에드워드 드 비어 설이 가장 많은 사람들의 지지를 받고 있는데, 이 사람들을 옥스퍼드 파[2]라고 부른다. 1920년, 토마스 루니(Thomas Looney)가 『셰익스피어는 에드워드 드 비어로 밝혀졌다 *Shakespeare Identified in Edward de Vere*』라는 저서를 출간했고, 심리학자 프로이트가 이런 옥스퍼드 파의 주장을 강력히 지지했다. 1984년에 찰튼 오그번(Charlton Ogburn)이 『신비에 싸인 윌리엄 셰익스피어 *The Mysterious William Shakespeare*』에서 다시 에드워드 드 비어가 진짜 셰익스피어라고 주장하면서 논란이 재점화되었다.

옥스퍼드 파들은 에드워드 드 비어가 케임브리지와 옥스퍼드에서 최상의 교육을 받았으며, 시와 극작 등 문인으로서 당대에 인정받았을 뿐만 아니라 현존하는 그의 시와 서간문들이 셰익스피어의 문체와 흡사하다고 주장한다. 문체만이 아니라 그의 인생 체험과 유사한 대목들이 셰익스피어의 작품들에서 보이는데, 특히 『햄릿 *Hamlet*』에 나오는 늙은 간신배 폴로니우스(Polonius)는 그의 장인이자 엘리자베스 여왕

---

2 옥스퍼드 파 : 옥스퍼드 백작이었던 에드워드 드 비어가 진짜 셰익스피어라고 주장하는 사람들을 옥스퍼드 파, 스트랫퍼드어펀에이번의 셰익스피어가 진짜 셰익스피어가 맞다고 주장하는 사람들을 스트랫퍼드 파라고 한다.

의 비서관이었던 윌리엄 세실(William Cecil) 경을 풍자한 것이라는데 많은 학자들이 동의한다.

셰익스피어라는 가명을 사용한 것에 대하여도 그의 문장(紋章)에 '창을 휘두르는(shake-spear)' 사자가 그려져 있었으며, 그의 별명이 '창을 휘두르는 자(spear shaker)'였던 것으로 보아 충분히 타당성이 입증된다고 주장한다. 하지만 스트랫퍼드 파들은 적어도 셰익스피어의 작품 가운데 10편은 에드워드 드 비어가 사망한 1604년 이후에 쓰였다는 이유로 옥스퍼드 파의 주장을 반박한다.

2. 셰익스피어의 시대 — 영국 르네상스 시대

셰익스피어는 엘리자베스 1세(Elizabeth I)와 제임스 1세 (James I)가 다스리던 시대에 극작 활동을 하였다. 영국의 르네상스 시대라고 불리는 이 시기에 영국은 중앙 집권적인 절대 왕정 국가였다. 특히 엘리자베스 1세가 통치하는 동안 영국은 정치적으로 매우 안정되고 국력이 강해졌다. 오랜 치세 동안 여왕은 영국 국교회의 확립을 꾀하고, 로마 가톨릭교와 신교를 억압하여 종교적 통일을 추진했다.

또 고문인 윌리엄 세실과 함께 화폐 제도를 통일하고, 빈민 구제법을 시행하고, 상업을 중시하는 중상주의 정책을 도모하고, 해외 무역을 적극 권장하는 등 많은 경제 정책을 실시했다. 나아가 동인도 회사를 설립하고, 미국 1호주인 버지니아 식민지를 설립하여 식민 정책의 기초도 확립했다. 대외적으로는 1588년에 스페인의 무적함대라 불리는 아르마다 호를 무찔러 해상 주도권도 장악했다.

문화면에서도 영국 르네상스라고 불리는 황금시대가 도래하여 에드먼드 스펜서(Edmund Spencer), 프랜시스 베이컨 같은 학자와 문인들이 많이 배출됐다. 14~16세기에 유럽에서 일어난 르네상스 운동은 고대 그리스·로마의 문화를 이상적으로 여겨 이들을 부흥시킴으로써 새 문화를 창출해 내려는 운동이다.

영국은 섬나라인 까닭에 이탈리아에서 이미 14세기에 시작된 르네상스 운동이 대륙에 비해 뒤늦게 전해져, 엘리자베스 1세 때 르네상스기를 맞이한다. 이때 호메로스, 오비디우스, 베르길리우스, 세네카, 플루타르코스 같은 고대 그리스와 로마 작가들의 많은 고전들이 영어로 번역되었다. 셰익스피어 같은 대작가가 탄생할 좋은 토양이 마련된 것이다.

셰익스피어 시대 작가들은 이들 고전 작가들을 칭송하고 그들 작품들을 훌륭한 글쓰기의 모범으로 삼았다. 셰익스피어도 이들 작가들에게서 지대한 영향을 받아 그들의 작품을 원전으로 삼아 극을 쓰기도 하였고, 그들의 극작 스타일로 극을 쓰기도 하였을 뿐만 아니라 작품 곳곳에서 많이 차용하기도 하였다.

엘리자베스 1세는 처녀 여왕으로서 후손 없이 사망하고, 그 뒤를 이어 스코틀랜드의 왕 제임스 6세가 영국의 제임스 1세로 즉위했다. 그렇게 해서 튜더(Tudor) 왕조가 끝나고 스튜어트(Stuart) 왕조가 시작되었다. 영국 왕에 등극 후 제임스 1세는 왕권신수설을 강력히 주창하며 절대 왕정을 추구했지만 스튜어트 왕조는 인기 없는 왕조였고, 제임스 1세는 의회와 많이 충돌했다. 이렇게 제임스 1세 치하 때는 사회의 모든 양상이 엘리자베스 1세 시절보다 불안정하고 암울했다.

셰익스피어 극도 엘리자베스 1세의 사망을 전후하여 극의 분위기가 크게 바뀐다. 나라가 안정되고 국력이 신장되던 여왕의 치세 동안에는 주로 영국 사극과 즐거운 희극들을 쓰지만, 여왕 말기인 1601년에 4대 비극의 하나인 『햄릿』을 쓰는 것을 기점으로 제임스 1세 시대에는 주로 비극을 쓴다. 셰익스피어의 문학적 감수성이 암울한 시대적 배경에 영향을 받아 4대 비극과 같은 위대한 걸작들을 탄생시킨 것이다. 희극도 이전의 즐겁고 유쾌한 낭만 희극(romantic comedy)과는 다른 어두운 극 혹은 문제극(dark comedy or problem comedy)이라고 불리는 작품들을 주로 쓴다.

엘리자베스 여왕 시대는 겉으로 보기에는 번창하고 안정된 시기였지만 그 이면에서는 강력한 변화의 기운이 꿈틀대는 격동의 시대였다. 이 시기에는 교육, 종교, 과학 분야에서 그동안 정설로 받아들여지던 많은 주장들에 대한 의심과 회의가 일었다. 디어도어 스펜서(Theodore Spencer)는 이런 사회적 현상에 대해 다음과 같이 묘사한다.

모든 엘리자베스 시대의 사고의 틀이요, 기본 양식이던 우주적, 자연적, 정치적 질서에 대한 믿음이 의심으로 금이 가고 있었다. 코페르니쿠스는 우주 질서에 의심을 품었고, 몽테뉴는 자연 질서에, 그리고 마키아벨리는 정치 질서에 의문을 제기했다. 그 결과는 엄청난 것이었다.[3]

이렇듯 이 시대는 절대 진리라 여겨지던 것들에 대한 과감한 도전이 있었던 시대였다.

---

3 Theodore Spencer, *Shakespeare and the Nature of Man,* New York: Macmilan, 1961, 29쪽

셰익스피어의 시대는 우리가 살고 있는 근대(modern)가 시작된 시기로, 농업 중심의 봉건 사회에서 상업과 무역을 중시하는 근대 상업 자본주의 시대로 전이되는 시기였다. 아직 중세의 세계관이 영국 사회를 지배하고 있었지만 자본주의의 새로운 사상과 사회 질서가 싹트고 있었다. 중세의 엄격한 계급 질서가 더 이상 유지되지 않고 상하 신분의 이동이 발생했다.

다시 말해, 신분이 세습되고 고정된 계급 구조를 지닌 봉건 제도에 묶여 있던 사람들은 이제 스스로의 노력 여하에 따라 자신의 계급이나 사회적 신분을 개선할 수 있고, 부와 권력을 창출할 수 있게 된 것이다. 기존의 귀족들 중에 가산을 탕진하고 몰락한 자가 있는가 하면, 상업으로 부자가 되어 토지를 구입하여 신흥 귀족이 된 사람들도 있었다.

종교관에도 변화가 생겨 성직자들의 매개 없이 개인이 신과 직접 소통할 수 있다는 급진적인 신교 사상이 빠르게 번졌다. 특히 엘리자베스 여왕의 아버지 헨리 8세가 로마 교황청의 간섭과 지배로부터 벗어나 영국 성공회를 창설한 뒤에 영국은 영국 국교, 로마 가톨릭교, 신교(청교도)로 나뉘면서 종교적 갈등이 심했다.

영국 국교회는 아직 뿌리를 깊숙이 내리지 못한 데 비해 국민들 다수가 1000여 년 동안 지속되어 온 로마 가톨릭교도였다. 그런가 하면 셰익스피어가 사망할 때쯤에는 청교도 사상이 사람들의 일상생활에 깊숙이 자리 잡았다. 결국 20여 년 뒤에 청교도 혁명이 일어난다.

이렇게 다양하면서도 서로 모순되는 여러 가치관이 충돌하던 대변화의 시대에 사람들은 혼란스러움을 느꼈을 것이다. 온 우주에 신이 정한 질서가 존재한다고 믿던 중세적 가치관이 흔들리면서 사람들은 불확실함 속에서 불안감도 느꼈을 것이다. 『리어 왕 *King Lear*』에서 글로스터 백작의 다음 대사도 그런 시대상을 논한 것이다.

> 글로스터 ……사랑은 식고, 우정은 와해되고
> 형제는 갈라선다. 도시에서는 폭동이, 시골에서는
> 불화가, 궁정에서는 역모가 일어난다.
> 자식과 아비 사이의 인연도 끊어지는구나.
> ……
> 자식은 아비를 배반하고 국왕은 천성에
> 어긋나는 행동을 하고, 아비는 자식을 저버린다.
> 우리는 가장 좋은 세상을 보고 살았으나
> 음모, 허위, 사기 등 온갖 망조의 무질서가 무덤까지
> 심란하게 우리를 따라오는구나.　　　　(1막 2장 103~111행)

이렇듯 점점 무너져 가는 전통적인 가치관과 질서에 대한 논의들이 셰익스피어 대사 속에 많이 담겨 있다. 결과적으로 볼 때 당대의 많은 사회적 긴장과 갈등들은 셰익스피어의 위대한 극들이 탄생할 좋은 토양이 되어 주었다.

3. 셰익스피어 시대 극장의 환경

셰익스피어를 제대로 이해하려면 당시의 무대 구조와 공연 방식, 그리고 관객들의 기호 등에 대해 어느 정도 알아야 한다. 대중 극작가로서 셰익스피어는 관객들의 기호와 반응에 민감할 수밖에 없었을 것이며, 당시의 무대 조건과 극장을 둘러싼 환경이 극작에 영향을 주었을 것이기 때문이다.

극장의 역설적 지위

셰익스피어 시대에는 요즘과 같이 유흥거리가 많지 않아 연극이 아주 인기 있는 유흥 중 하나였다. 당시 런던 근교에 산 사람들 중 15~20%가량 되는 사람들이 정기적으로 연극 관람을 하러 다녔던 것으로 추정된다. 하지만 당시의 극장에는 걸인이나 불량배들이 꼬이고 치안이 취약하며, 불법적이거나 무질서한 행동들이 발생했다. 또한 위생적으로도 페스트와 같은 전염병을 확산시킬 위험이 컸고, 도제들을 유혹하여 생산에 차질을 빚기도 하였다. 그래서 런던 시 당국은 런던 시내에 극장 건립을 허락하지 않아서 대부분의 극장들이 템스 강 이남에 세워졌다.

텅 빈 무대, 관객의 상상력에 호소하다

셰익스피어 시대의 극장은 요즘 극장과는 달리 멋진 무대 장치도 없었고, 정교하고 사실적인 무대 배경도 없이 마당으로 튀어나온 텅 빈 돌출 무대에서 공연을 했다. 자연 채광 외에는 다른 조명도 따로 없어서 주로 오후 2시경인 밝은 대낮에 극이 공연되었다. 따라서 많은 장면을 배우의 대사를 통해 관객의 머릿속에 상상력을 불러일으켜야 했다.

예를 들어 화창한 대낮에 공연을 보면서 배우의 대사를 듣고 『로미오와 줄리엣』의 발코니 장면의 아름다운 밤을 상상해야 했고, 『리어왕』의 폭풍우 장면을 상상해야 했다. 『헨리 5세 *Henry V*』에 나오는 다음 프롤로그가 셰익스피어 극들이 어떻게 관객들에게 상상력을 요구했는지 잘 보여 준다.

> 부족한 점은 여러분들의 생각으로 짜 맞추어 보충해 주십시오.
> 배우는 각기 천 명 몫을 하고 있다고 생각해 주십시오.
> 머릿속으로 대군을 상상해 주십시오.
> 저희들이 말에 대해 말하면 군마들이 당당하게
> 대지를 딛고 서 있는 광경을 보고 계시다고 생각해 주십시오.

그래서 셰익스피어의 극을 보면 등장인물의 등장과 퇴장에 대한 언급 외 무대 지시문이 거의 없다. 가끔은 셰익스피어의 대사가 현대 독자들에게 너무 장황하게 느껴지기도 한다. 그건 대사가 아주 장황하던 고전극의 영향을 받은 탓도 있지만 요즘은 여러 가지 연극적 효과들로 나타낼 수 있는 것들을 모두 배우들의 대사로 전달했기 때문이다.

배우는 모두 남자

당시에는 여자들이 무대에 서는 것이 허용되지 않았다. 그래서 모든 배우들이 남자였으며, 여자 역은 변성기가 지나지 않은 소년들이 여장을 하고 연기했다. 셰익스피어의 많은 작품 속에 아버지는 등장하지만 어머니가 등장하지 않는 것도 어린 소년들이 엄마의 역할을 하기는 어려웠기 때문일 것이다. 또한 희극 작품에서 여자 주인공들이 남자 차림을 하고 길을 떠나는 얘기가 많이 나오는데, 그런 설정을 통해 결국 여자 역을 맡은 남자 배우가 남자 연기를 한 셈이다. 영국에서는 1662년이 되어서야 여배우가 무대에 서는 것이 허용된다.

배우의 불안정한 신분과 후원제

당시의 배우들은 부랑아로 분류될 만큼 대단히 불안정한 신분이었다. 그 당시에 부랑아, 거지, 상이군인, 실업자, 매춘부 등은 런던의 브라이드웰(Bridewell) 감화원 같은 집단 수용소에 수용되었다. 그래서 배우들은 고위 공직자의 후원을 받아 그들 집에 속한 하인으로 신분의 보장을 받아야만 자유로이 공연하러 다닐 수 있었다.

엘리자베스 여왕 시대에는 셰익스피어가 속한 극단이 궁내부 대신이었던 헨리 케어리(Henry Carey)의 후원을 받아 '궁내부 대신 극단(Lord Chamberlain's Men)'이라고 불렸다. 그러다 제임스 1세가 왕위에 오른 뒤에는 그가 후원자가 되어 '왕의 극단(King's Men)'이 되었다. 이 극단은 1590년대 중반부터 1642년 청교도 혁명 이후 극장들이 폐쇄될 때까지 런던에서 가장 성공한 극단이었다.

극장 — 모든 사회 계층이 모이는 장소

당시의 극장은 지위가 아주 높은 사람들부터 신분이 낮고 가난하며 무식한 관중들까지 여러 계층의 사람들이 모이는 장소였다. 그래서 셰익스피어의 극에는 고상하고 수준 높은 내용도 있지만, 배움이 적은 사람들도 웃고 즐길 수 있는 내용들도 들어 있다. 이렇게 다양한 계층의 사람들의 입맛을 골고루 맞춘 것이 셰익스피어가 인기를 오래 유지할 수 있었던 이유일지도 모른다. 특히 무대 주변의 서서 보는 싸구려 관람석의 관객들은 대부분 극의 내용이나 어려운 대사는 이해하지 못하고 그저 단순한 우스갯소리나 농담만 즐기러 왔을 것으로 추정된다.

『햄릿』이나 『헨리 4세 *Henry IV*』처럼 대단히 인기가 있던 극들은 심오한 철학적, 정치적 문제에 대한 논의와 함께 무식하고 자극적인 것을 추구하는 관객을 위한 흥미진진한 행위와 볼거리가 섞여 있는 극들이다. 이렇게 극장은 지배 세력과 피지배 세력이 모두 모인 공간이었기 때문에 셰익스피어는 정치적으로 중립적일 수밖에 없었을 테고, 귀족들의 고급문화와 서민들의 민중 문화가 뒤섞인 작품을 쓸 수밖에 없었을 것이다.

검열 제도와 셰익스피어 극의 보수성

당시 모든 극장 공연작들은 공연 전에 연희 담당관의 검열을 받아야 했다. 본래 궁에서 공연하는 극들만 검열을 했었지만 갈수록 검열이 강화되어 여왕은 모든 연극에 대한 검열을 명령했다. 그러다 보니 당대의 극작가들은 적어도 표면적으로는 지배 이데올로기에 영합할 수밖에 없었고, 사회 풍자나 비난의 목소리는 비유적이고 우회적인 방식으로만 해야 했다.

20세기 후반에 등장한 신역사주의[4] 비평가들이 비판한 셰익스피어 극의 보수성은 연극을 둘러싼 여러 여건들, 즉 왕이나 귀족 계급의 후원과 국가 기관의 검열 등을 볼 때 피치 못한 결과였을 것이다. 이런

---

4 신역사주의 : 문화 비평가인 그린블랫(Stephen Greenblat)이 처음 사용한 문화 비평 용어이다. 프랑스의 철학자 미셸 푸코(Michel Foucault)의 영향을 받은 신역사주의자들은 모든 지식인들이 자신들이 살고 있는 시대의 지배 담론에서 자유롭지 못하다고 생각한다. 신역사주의자들은 셰익스피어가 당대 지배 계급의 이익에 봉사하면서 체제를 옹호하는 담론들을 생산 또는 강화, 확산했다고 평가했다.

공연 환경은 셰익스피어가 정치적으로 일정 정도 보수성을 띠면서도 우회적으로 사회에 대한 풍자와 비판을 담아내는 역설적인 작품들을 쓰는데 영향을 주었을 것이다.

글로브 극장(The Globe)

'지구 극장'이라는 뜻의 글로브 극장은 1599년에 리처드 버비지(Richard Burbage)와 커스버트 버비지(Cuthbert Burbage) 형제가 세웠다. 런던의 시 외곽 지역인 사우스워크(Southwark)에 세워진 이 극장은 8각형 모양이었으며, 수많은 셰익스피어 작품을 공연하는 본거지였다. 그리고 런던의 대표적인 극장 네 곳 중 하나로, 최대 3천 명의 관객을 수용할 수 있는 규모가 큰 극장이었다.

글로브 극장은 관객석 위만 지붕이 있고 가운데 부분은 뻥 뚫린 야외극장이었다. 지붕이 있는 비싼 관람석에는 지위가 높은 귀족들이 앉았고, 돈이 없는 가난한 사람들은 1페니 정도만 내고 무대 주변의 마당에 서서 극을 보았다. 원래 연극을 위한 전용 극장이 생겨나기 전의 연극은 여인숙의 앞마당에서 주로 공연되었다. 그래서 글로브 극장은 여인숙 앞마당처럼 가운데 공터를 3층으로 된 객석이 둘러싸고 있다. 공터 한쪽에 돌출 무대가 있고, 서서 보는 싸구려 관람객(groundlings)이 무대 삼면을 둘러싸고 공연을 보았다. 그래서 셰익스피어 시대의 극장은 관객과 무대가 완전히 구분되어 있는 요즘의 극장과 달리, 관객과

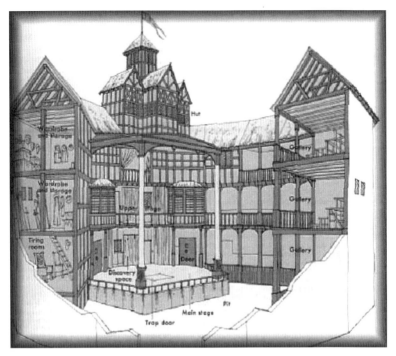

글로브 극장의 단면

배우의 관계가 훨씬 더 친밀했고 현실과 연극 사이의 경계도 모호했다.

블랙프라이어즈(Blackfriars) — 시설이 좋은 실내 사설 극장

1603년에 셰익스피어 극단이 블랙프라이어즈를 임대하면서부터 관객들이 분류되기 시작했다. 관람료가 더 비싼 사설 극장인 블랙프라이어즈는 좀 더 수준 높은 고급 관객들이 찾았다. 공공

극장의 입장료가 1페니(1/240 파운드)에서 6실링(1/20파운드)이었는데 비해 사설 극장은 6펜스(1/40 파운드)에서 반 크라운(1/8파운드)이었다고 한다. 사설 극장은 수준 높고 고상한 관객의 기호를 충족시키기 위해 보다 정교한 배경이나 무대 장치를 사용하였기 때문에 새로운 극적 실험 등을 할 수 있었다.

예를 들어 셰익스피어의 후기극인 『폭풍우 *The Tempest*』에서 요정들이 하는 가면극이나 『심벨린 *Cymbeline*』에서 주피터가 독수리를 타고 나타나는 장면 등은 정교한 무대 장치를 요구하는 장면이었다. 셰익스피어는 이 극장의 고급 관객을 위해 로맨스 혹은 비희극이라고 불리는 귀족적인 새로운 레퍼토리들을 준비했다. 처음에 이 극장은 셰익스피어 극단의 겨울철 공연장이었으나 점점 야외극장은 인기가 떨어지고 낮은 계층의 기호만 만족시키다 사설 극장에게 인기를 빼앗겼다.

레퍼토리에 대한 끝없는 요구

상설 극장의 설립으로 인해 순회공연 시대와는 달리 레퍼토리에 대한 끝없는 요구가 있었기에, 이것이 영국 연극을 발전시키는 요인이 되었다. 당시의 연극은 대단히 인기가 있어서 극장들은 쉴 새 없이 새로운 공연을 무대에 올려야 했다. 한 작품의 평균 공연 횟수는 10회가 넘지 않았다고 한다. 어떤 극단이 성공적인 작품을 공연하면, 경쟁 극단에서는 극작가에게 비슷한 주제의 새로운 연극을 가능한 한 빨리 제공하도록 요청했다. 결국 극작가들은 신속하게 레퍼토리를 제공하기 위해 두세 명의 작가들이 합작하는 경우도 있었고, 다른 극장에서 성공한 작품을 비슷한 내용에 몇 가지 새로운 내용을 덧붙여 개작하는 일이 흔했다.

셰익스피어는 극단의 그런 요구를 만족시키기 위해 신화나 성경, 역사책뿐만 아니라 민담이나 전설 등에서 유명한 영웅 이야기나 군주들의 이야기를 빌려 와 극작을 하였다. 하지만 셰익스피어는 원전을 그대로 사용하는 경우가 거의 없었다. 빌려 온 것은 이야기의 뼈대뿐이었고 원전을 자유롭게 압축, 생략, 추가, 혼합, 재배치하여 새로운 작품으로 만들어 냈다. 역사극에서도 극적 효과를 위해 역사를 자유분방하게 다루었다. 또 친숙한 이야기들에 담겨 있는 관습과 고정 관념을 깨뜨리는 방식으로 새롭게 재창조하여 새로운 인식과 사고를 유도했다.

따라서 셰익스피어 극의 출처에 대한 연구에서 중요한 것은 셰익스피어가 그 출처를 얼마나 따르고 있느냐가 아니라 어떻게 변형시키고 있는가에 있다. 그가 고의적으로 출처에서 일탈할 때 왜 그랬을까를 탐구하는 것이 그의 예술에 대한 이해를 제공하기 때문이다.

4. 셰익스피어 극의 시기별 특징

셰익스피어의 작품들은 시기별로 다른 특징들을 보여 준다. 시기마다 중점적으로 집필하는 장르도 다르고, 같은 장르라 하더라도 시기마다 성격이 조금씩 달라진다. 따라서 셰익스피어 작품을 읽을 때는 그것이 어느 시기에 쓰인 작품인가를 살펴볼 필요가 있다. 셰익스피어의 작품 세계는 일반적으로 다음 네 시기로 분류하지만 학자마다 조금씩 의견이 다르기도 하다.

제1기(1590~1594) : 습작기

습작기라 불리는 이 시기의 극들은 후기 작품들에 비해 작품의 토대가 된 원전5을 기계적으로 따른다. 플롯은 치밀한 극적 구조 속에 통합된 것이 아니라 관련된 여러 사건들을 나열하고 있다. 언어도 등장인물의 심리 묘사나 사건의 진행에 직접적인 관련이 없는 경구(警句), 말장난, 미사여구, 장황한 수사들을 많이 사용한다.

『헨리 6세』가 셰익스피어의 첫 번째 극인데, 『리차드 3세 *Richard*

---

5 셰익스피어는 기존의 많은 역사서나, 신화, 다른 문학 작품에서 이야기를 빌려 와 재구성하였다. 셰익스피어가 빌려 온 원 작품을 '원전'이라고 한다.

III』도 이때 쓴 영국 역사극이다. 이 시기의 유일한 비극은 『타이터스 앤드로니쿠스 *Titus Andronicus*』인데, 로마 비극 작가 세네카(Seneca)의 영향을 많이 보여 주는 유혈 복수극이다. 이 시기에는 『실수 희극 *The Comedy of Errors*』, 『말괄량이 길들이기 *The Taming of the Shrew*』, 『베로니의 두 신사 *The Two Gentlemen in Verona*』, 이렇게 세 편의 희극을 썼다.

제2기(1595~1600) : 희극의 완성기

이 시기의 셰익스피어는 사극과 낭만 희극을 거의 완벽한 형태로 발전시킨다. 이때부터 셰익스피어의 창작력은 놀라울 정도로 발전하여 다양한 사건을 하나의 플롯 속에 짜 넣는 천재성을 발휘하기 시작한다. 즉 기존의 이야기들을 빌려 와 재구성하고 여기에 다채로움과 생동감을 부여한 것이다.

이 시기에 쓴 비극은 『로미오와 줄리엣 *Romeo and Juliet*』뿐인데, 후기 비극들에 비해 운명적 요소가 많고, 인물의 성격으로 인한 비극성은 아직 보이지 않는다. 또 이 시기에 쓴 영국 사극은 『리처드 2세 *Richard II*』, 『헨리 4세』 1·2부, 『헨리 5세』로 서로 이어지는 역사적 사실을 다룬 작품들이다.

셰익스피어는 이 시기에 젊은 남녀의 사랑을 그린 낭만 희극을 많이 썼다. 『한여름 밤의 꿈 *A Midsummer Night's Dream*』, 『헛소동 *Much*

Ado about Nothing』,『좋으실 대로 *As You Like It*』,『십이야 *Twelfth Night*』,『베니스의 상인 *The Merchant of Venice*』 등이 그 예이다.

위 낭만 희극과는 성격이 조금 다른 풍속 희극『사랑의 헛수고 *Love's Labour's Lost*』와 가벼운 소극(素劇)『윈저의 즐거운 아낙네들 *The Merry Wives of Windsor*』도 이 시기에 썼다. 로마 사극『줄리어스 시저 *Julius Caesar*』는 희극기에서 비극기로 넘어가는 과도기인 1599년에 썼는데, 이 극에서는 이후 4대 비극에 나타나는 비극의 특징들이 엿보이기 시작한다.

제3기(1601~1608) : 비극기

엘리자베스 1세 말년부터 셰익스피어의 극 세계는 비극적 색채를 띠게 된다. 정치적 혼란상뿐만 아니라 아버지의 죽음이나 어린 아들의 죽음 같은 개인사가 셰익스피어의 비극에 영향을 끼쳤다고 주장하는 비평가도 있다. 예술적 절정기를 맞은 셰익스피어는 이 시기에『햄릿』,『맥베스 *Macbeth*』,『리어 왕』,『오셀로 *Othello*』 등 그의 가장 위대한 작품들을 대부분 썼다. 언어 구사력과 성격 창조에서도 크게 발전하여 천재 극작가로서의 면모를 갖추게 된다.

딸과 아내를 잃었다가 다시 상봉하는 내용의『페리클레스 *Pericles*』를 제외한 이 시기의 모든 작품은 인생의 비극적인 면을 그렸다. 심지어 이 시기에 쓴『끝이 좋으면 다 좋아 *All's Well that Ends Well*』,

『자에는 자로 *Measure for Measure*』,『트로일러스와 크레시다 *Troilus and Cressida*』같은 희극조차도 내용이 무겁고 심각해서 '문제 희극' 또는 '어두운 희극'이라 불린다. 이 밖에 그리스를 배경으로 한 비극『아테네의 타이먼 *Timon of Athens*』과 로마 사극『안토니와 클레오파트라 *Antony and Cleopatra*』,『코리올레이누스 *Coriolanus*』를 썼다. 이런 셰익스피어의 로마 사극들은 흔히 비극으로 분류된다.

제4기(1609~1613) : 로맨스 혹은 비희극의 시기

셰익스피어는 집필 마지막 시기에 세 편의 로맨스 극과 한 편의 사극을 썼다.『심벨린』과『겨울 이야기 *The Winter's Tale*』,『폭풍우』, 이 세 극과 앞 시기에 쓴『페리클레스』를 로맨스 극 혹은 비희극이라고 부른다. 이 극들은 비극적 상황이 진행되다가 갑자기 극적 반전이 일어나 죽은 줄 알았던 가족이 살아 돌아와 용서와 화해로 행복한 결말을 맞이하는 공통된 플롯을 지니고 있다. 그런데 등장인물들의 재회와 화해에는 현실감과 개연성이 부족하고 우연적 요소가 크게 작용하기 때문에 3기에 보어 준 치밀한 극 구조는 찾아볼 수 없다.

이렇게 갑자기 습작 태도가 바뀐 것은 셰익스피어가 말년에 인생을 바라보는 태도가 바뀐 탓도 있고, 이 시기에 셰익스피어 극단이 임대한 사설 극장 블랙프라이어스의 귀족 관객들의 기호에 맞춘 탓도 있다. 존 플레처(John Fletcher)와 함께 쓴 사극『헨리 8세 *Henry VIII*』

와 『고결한 두 친척 *The Two Noble Kinsmen*』이 그의 마지막 작품들이다.

5. 셰익스피어 극의 언어

셰익스피어를 흔히 언어의 마술사라고 한다. 그만큼 그의 대사들은 아름다울 뿐만 아니라, 풍부한 비유, 함축적인 이미, 생생한 시가저 이미저리 등을 담고 있다. 게다가 그는 새로운 신조어도 많이 만들어 냈을 뿐만 아니라 기존의 단어들을 조합하거나 새롭게 사용하여 영어를 매우 풍요롭게 만들었다. 그런데 셰익스피어의 언어는 옛날 말투인 데다 운문으로 된 대사들이 많이 포함되어 있어서 일상 언어와 달리 이해하기가 어렵다. 따라서 셰익스피어를 잘 이해하려면 그의 언어적 특징을 먼저 이해해야 한다.

운문으로 된 대사

셰익스피어의 극에는 운문과 산문이 섞여 있지만 70% 이상이 운문이다. 셰익스피어는 등장인물의 신분, 직업, 성격에 따라 각기 다른 어투를 부여하고 있는데, 주로 고귀한 인물들의 언어는 운문으로, 신분이 낮은 인물들이나 희극적 인물들의 언어는 산문으로 되어 있다. 이는 당시 일반적으로 운문이 산문보다 수준 높고 고상한 것으로 여겼기 때문이다. 번역문에서 시처럼 중간 중간 끊어서 행갈이를 한 대사들이 운문이고, 그와 반대로 행을 끊지 않고 쭉 붙여서 쓴

부분은 산문이다.

셰익스피어는 등장인물의 사회적 지위에 따른 차이뿐만 아니라 특정의 극적 효과를 내기 위해서도 운문과 산문을 교차해서 사용했다. 예를 들어, 『로미오와 줄리엣』에서 베로나 시를 다스리는 에스컬러스 공작이 캐퓰릿 가와 몬태규 가의 싸움을 중지시키기 위해 등장했을 때, 싸움을 일으킨 자들을 꾸짖을 때는 산문을 사용한다. 그러나 잠시 뒤에 두 집안사람들에게 질서와 품위를 유지하라는 긴 연설을 할 때는 장중한 운문을 사용한다. 또한 4대 비극의 주인공들이 고결한 성품을 유지할 때는 운문으로 말을 하지만, 그들이 격정에 시달리거나 비이성적인 상태가 됐을 때는 산문으로 말한다. 이렇게 셰익스피어는 한 인물의 어투도 상황과 용도에 따라 변화를 준다.

무운시(無韻詩, blank verse)

셰익스피어는 운문 대사에서 주로 '무운시'라는 형식을 사용한다. 무운시란 약강 5보격이면서 압운(rhyme)을 사용하지 않는 것이다. 이를 좀 더 풀어서 설명하면 영시에서는 '약강'이든 '강약'이든 일정한 패턴의 운율 규칙을 사용하여 시에 리듬감과 음악성을 준다. '약강 5보격'은 약강의 운율 규칙을 가진 음보가 한 행에 다섯 개들어 있는 것으로, 영시에서 가장 많이 쓰이는 운율이다. 햄릿의 가장 유명한 대사를 예로 들어 보자.

Tò bé òr nót tò bé thàt ís thè quéstion.
사느냐 죽느냐 그것이 문제로다.

    이런 규칙이 조금씩 깨어질 때도 있지만 대부분의 운문 대사가 이 리듬은 지키고 있다.

    다음으로 압운이란, 시에서 행의 끝부분 등에 같은 음을 반복해서 음악성을 주는 기법인데, 그 중 행의 끝부분에 같은 발음을 일정 규칙으로 쓰는 것을 각운이라고 한다. 역시 예를 하나 보자.

But passion lends them power, time means, to m<u>eet</u>,
Tempering extremities with extreme sw<u>eet</u>.

        - 『로미오와 줄리엣』 중 2막의 코러스

    위 인용문에서 각 행의 끝 음이 같게 되어 있는데, 이런 압운은 청각적으로는 아름답지만 시인이 시어를 선택할 때 상당한 제약을 받는다. 그래서 셰익스피어는 극 속에서 일부 대사만 빼고 각운을 맞추지 않았다. 약강 5보격으로 일정한 운율을 사용하여 리듬감을 주면서도 압운은 맞추지 않아 비교적 자유로운 형식이 바로 무운시인 것이다. 하지만 셰익스피어는 때에 따라서 두 행씩 각운을 맞추는 2행 연구(couplet)를 사용하기도 했는데, 대체로 각 장의 끝 대사에서 이 형식을 사용했다.

    가끔 번역문을 보면 아래와 같이 편집이 이상한 형태를 띠고 있을 것이다.

로렌조

　　　아름다운 부인들이여, 당신들은 굶주린 백성이 가는 길에

　　　만나를 내려 주시는군요.

포샤　　　　　　　　　　　　동틀 녘이 다 되었네요.

　이건 로렌조의 둘째 줄과 포샤의 대사가 합쳐져야 약강 5보격의 한
행이 되기 때문에 이렇게 편집하는 것이다.

셰익스피어의 이미저리

　　무대 장치나 효과가 발달하지 못했던 당시 극장의 한계를
극복하기 위해 관객들의 마음속에 생생한 그림이 떠오르도록
사용한 뛰어난 이미저리도 셰익스피어 작품이 사랑받는 또 다른 이유
이다. 셰익스피어는 어떤 한 사물을 다른 사물에 빗대어 설명하는 비
유적 표현에 천재적인 능력을 발휘한 작가이다.

셰익스피어의 말장난(pun)

　　셰익스피어는 작품 속에서 우리의 사오정 시리즈 같은 말놀
이를 자주 한다. 유머러스한 효과를 내기 위해 한 단어를 두

개 혹은 그 이상의 의미를 암시하도록 사용하는 말놀이를 통해 셰익스피어는 관객에게 웃음을 일으키기도 하고, 그 어떤 것도 고정된 하나의 의미가 있는 것이 아니라 다양한 의미로 해석이 가능하다는 것을 보여 주기도 한다. 이런 말놀이는 셰익스피어 시대 관중들에게 인기가 있었던 것 같다.

『베니스의 상인』을 읽기 전에

『베니스의 상인』을 더 잘 이해하기 위해 먼저 읽어 보세요!

『베니스의 상인』은 셰익스피어의 대표적인 희극입니다. 희극과 비극은 어떻게 다를까요? 또 셰익스피어 희극의 특징은 뭘까요? 셰익스피어는 4대 비극으로 훨씬 유명한데, 희극의 의미는 뭘까요? 그리고 『베니스의 상인』에서 다루고 있는 유대인과 기독교인의 갈등은 왜 생긴 걸까요? 아마 이런 것들을 먼저 알고 이 극을 읽으면 좀 더 잘 이해할 수 있을 겁니다. 그러니 작품을 읽기 전에 필독해 주세요!

1. 셰익스피어 희극의 특징

셰익스피어 하면 머리에 딱 떠오르는 작품들이 『햄릿』, 『맥베스』, 『로미오와 줄리엣』 같은 비극들이기는 하지만, 셰익스피어는 비극보다 희극을 훨씬 많이 썼다. 그리고 조금씩 색깔이 다른 장르의 희극을 썼다. 따라서 희극과 비극의 차이, 셰익스피어 희극의 의의와 가치, 셰익스피어 희극의 특징, 희극의 하부 장르별 특징 등을 알면 작품을 훨씬 더 잘 이해하게 된다.

희극과 비극의 차이

어리석은 인간의 본성이 웃음거리가 되느냐, 아니면 심각한 파멸의 원인이 되느냐에 따라 희극과 비극으로 나뉜다. 비극에서는 인간의 어리석음과 지나친 격정들이 불러오는 파괴적 결과를 진지하게 탐구하고, 희극에서는 인간의 어리석음과 격정을 한바탕 웃음으로 웃어넘긴다. 희극에도 비극에서처럼 사건의 발단이 있고, 무질서가 팽배해지며 삶이 뒤죽박죽이 되는 갈등 단계가 있다. 하지만 대부분의 주인공들이 죽음으로 끝나는 비극과는 달리 희극에서는 모든 문제들이 원만히 해결되고 행복한 결말을 맺는다.

셰익스피어 희극의 가치

셰익스피어의 비극들이 심오한 인생에 대한 성찰이 담긴 문학 텍스트로써 그 진가를 발휘한다면, 셰익스피어 본연의 장르인 공연 텍스트로써의 진가를 발휘하는 것은 단연 희극들이다. 지적인 성찰이 담긴 긴 대사가 많은 비극들은 극장에서 볼 때 다소 지루한 감이 있지만, 기지와 재치가 넘치는 대사들로 가득 찬 희극들은 활력과 생동감이 넘친다.

따라서 셰익스피어가 극작가였다는 사실을 염두에 두었을 때 그의 희극들의 가치는 절대 폄하할 수 없다. 셰익스피어는 희극적인 인물과 희극적 상황을 만들어 내는 능력이 뛰어난 작가다. 셰익스피어 비극 속 대사에서는 깊은 철학적 무게가 느껴지는 데 비해 희극 속 대사에서는 순간적 재치와 기지가 번뜩인다.

여성의 역할이 강조되는 희극의 세계

셰익스피어 희극에서는 여자 주인공들의 역할이 강조되고, 대체로 그들이 극을 주도해 나간다. 또한 희극 속 여성 인물들은 남성 인물들보다 여러 모로 훌륭한 인간형으로 제시되어 있을 때가 많다. 오필리아, 코딜리아, 데스데모나 같은 비극 속 여주인공들은 너무 수동적이고 순종적이어서 비극의 소용돌이에 휩쓸려서도 자신의 목소리를 내지 못하고 희생당하고 만다. 반면, 희극 속 여성들은 대단한 활력을 지니고 있고, 재치가 뛰어나며, 관용과 지혜, 용기도 지니고 있다.

『베니스의 상인』의 포샤처럼 법정에서 남성들이 불러일으킨 어려운 문제를 해결하는 인물이 있는가 하면, 『말괄량이 길들이기』의 캐서리나처럼 남성들과 성 대결을 벌이는 인물도 있다. 어쩌면 셰익스피어는 권력이나 명예에 최상의 가치를 두는 남성들이 지배하는 세상은 비극적이고, 사랑과 이해를 중시하는 여성들이 더 주도적인 세상은 희극적이라고 생각했는지도 모를 일이다.

2. 희극의 하부 장르

셰익스피어의 희극은 크게 젊은 남녀의 사랑 이야기가 주제인 낭만 희극(romantic comedy), 법, 종교, 정의, 자비 등 좀 더 무겁고 암울한 주제를 다루는 어두운 희극 혹은 문제극(dark comedy or problem comedy), 비현실적이고 극적 반전의 내용을 담고 있는 낭만극(romance, 혹은 비희극)으로 분류된다. 각 하부 장르별로 색깔도 많이 다르고 전형적인 특징도 다르다.

낭만 희극

잘 알려진 셰익스피어의 희극 『베니스의 상인』과 『한여름 밤의 꿈』, 『말괄량이 길들이기』 등은 모두 낭만 희극이다. 셰익스피어의 낭만 희극들은 주로 1기, 2기에 쓰였으며, 각종 음모와 사랑의 갈등이 서로 복잡하게 얽혀 있다가 극의 마지막 부분에서 대체로 모든 갈등이 해결된다. 복잡하게 얽힌 젊은 남녀의 사랑이 시련과 고통을 겪고 성숙한 사랑으로 맺어져 유쾌하고 행복한 결혼식 축하연으로 끝날 때가 많다.

셰익스피어의 많은 희극 작품에는 『좋으실 대로』에 나오는 아든 숲이나 『한여름 밤의 꿈』에 나오는 아테네 근처 숲과 같은 초록 세계가 자주 나온다. 대부분의 낭만 희극이 갈등과 고통이 발생하는 도시(혹은 궁정) 세계에서의 도피→치유력을 지닌 숲에서의 변모→용서와 화해를 통한 궁정으로의 귀환이라는 극 구조를 공유하고 있다.

이를 도식화하면 격리→전이→귀환이라는 통과 의례와 같은 구조를 이루고 있다. 노드롭 프라이는 "셰익스피어의 희극 세계는 초록 세계의 드라마"라고 말했다. 이 초록 세계는 도시나 궁정의 제약과 구속에서 벗어나 자유와 해방감을 누리는 장소요, 도시나 궁정에서 발생한 모든 음모와 갈등이 사라지고 용서와 화해를 이루도록 만들어 주는 놀라운 치유력을 지닌 세상이다. 또한 이 숲은 등장인물들이 긍정적인 변모를 통해 보다 성숙해지는 공간이다.

이에 대해 프라이는 "희극의 액션은 일상적 세계로 상징되는 한 세계에서 시작하여 초록 세계로 이동하며 이곳에서 희극적 전환이 이루어지는 변화를 겪고, 다시 일상 세계로 돌아온다."고 설명한다6. 이때 도시는 각종 음모와 배신이 벌어지는 고난과 갈등의 공간이고, 초록 세계는 목가적 요소를 지녀 상처를 치유하고 정신적으로 성숙시켜 주는 공간이다.

낭만 희극에서는 여자 주인공들이 남장(男裝)을 하고 길을 떠나는 플롯이 자주 등장한다. 『베니스의 상인』에서 발싸자(Balthazar)라는 법관으로 변장한 포샤나 『좋으실 대로』에서 개니미드(Ganymede)라는

---

6 노드롭 프라이, 『구원의 신화: 셰익스피어의 문제 희극에 관한 고찰』, 황계정 역, 국학자료원, 1995, 182쪽

사냥꾼으로 변장을 하고 아버지를 찾아가는 로잘린드(Rosalind), 『십이야』에서 세자리오(Cesario)로 변장한 비올라(Viola) 등이 남장 여주인공이다.

앞에서도 설명했듯이 셰익스피어 시대에는 여자가 무대에 서는 깃이 금지되었다. 그래서 변성기가 되기 이전의 미소년들이 여장을 하고 여자 역을 하였다. 셰익스피어는 그런 여주인공들이 다시 남장(男裝)을 하도록 이야기를 꾸밈으로써 결국 남자가 남자 역을 할 수 있도록 했다. 또한 남장은 변장, 역할 연기, 사람 잘못 알아보기 같은 다양한 연극성을 효과적으로 보여 줄 수 있는 극적 기법이기도 했다. 나아가 셰익스피어는 남장한 여성을 통해 여성성과 남성성이라는 정체성 문제를 탐구하기도 한다.

위에서 언급한 것 이외의 낭만 희극으로는 『십이야』, 『헛소동』 등이 있다.

문제극, 혹은 어두운 극

반면, 해피 엔딩의 결말을 가지면서도 이전의 정통 희극과는 달리 암울한 색조가 짙은 희극들을 어두운 희극 혹은 문제극이라고 한다. 셰익스피어는 주로 4대 비극을 쓴 시기에 이런 희극들을 쓴다. 이 극들에서는 심각한 요소들이 희극적 요소들을 능가하고 속임수, 배반, 성욕 등 인간의 사악한 본성들이 다루어진다. 결말에 등장인물들이 죽거나 파멸되지 않기 때문에 희극으로 분류되기는 하지만, 극에서 다루어지는 상황은 대단히 무겁고 어둡다. 『자에는 자로』, 『끝이 좋으면 다 좋아』, 『트로일러스와 크레시다』가 이 장르에 속하는 극들이다.

로맨스(낭만극), 혹은 비희극

마지막으로 1608년부터 1611년까지는 흔히 셰익스피어의 완숙한 낭만극 또는 비희극 시대로 분류한다. 바로 앞 시기에 격정적인 비극의 세계를 그렸던 셰익스피어는 이 시기에 갑자기 용서와 화해가 존재하는 목가적 세계를 그린다. 비극에서는 주인공들이 자신의 과오에 대한 뒤늦은 인식을 하며 엄청난 파멸을 경험하는 데 비해, 낭만극에서는 그런 과오에 대한 인식과 참회 뒤에 상실한 것들을 되찾고 용서와 화해 속에 끝난다.

이렇게 갑자기 습작 태도가 바뀐 것은 셰익스피어가 말년에 인생을 바라보는 시각이 바뀐 탓이기도 하고, 사설 극장인 블랙프라이어즈에서 공연하게 되면서 보다 수준 높은 관객들의 취향에 맞는 극작을 한 탓으로 여겨진다. 낭만극이란 중세 귀족 문학인 로맨스의 계보를 잇는 것으로, 다소 비현실적이고 낭만적인 요소들이 담겨 있다.

이런 낭만극에는 머나먼 이국적 배경과 목가적 세계가 많이 등장하며 환상적이고 신비로운 이야기와 초자연적인 인물과 사건이 등장한다. 그러다 보니 플롯이 다소 인위적이고 현실감이 부족하며 개연성이 떨어진다. 이 극들은 모두 전반부에서는 비극적인 플롯이 계속되다가 갑자기 반전이 일어나 행복한 결말을 맞게 된다. 그래서 이 극들을 '비희극'이라고도 부르는 것이다. 『폭풍우』, 『심벨린』, 『겨울 이야기』, 『페리클레스』가 이 장르에 속한다.

기타 희극

이 외에도 셰익스피어는 쌍둥이와 같이 특수한 상황으로 인해 발생하는 오해와 갈등을 그린 상황 희극(comedy of situation)인 『실수희극』, 상류층의 위선을 재치 있게 풍자하는 풍속 희극(comedy of manners)인 『사랑의 헛수고』, 단순히 사람들의 웃음을 자아내기 위한 목적으로 익살스럽게 쓴 소극(farce)인 『윈저의 즐거운 아낙네들』 등 다양한 종류의 희극을 썼다.

3. 유럽의 반유대주의의 역사

반유대주의는 유럽 사회에서 뿌리 깊고 오랜 전통을 지닌 것이다. 유대인에 대한 기독교도들의 박해는 그들이 하나님의 독생자인 예수를 구원자로 인정하지 않고 십자가에 못 박히게한 민족이기 때문이다. 역사적으로 살펴볼 때 철저한 기독교 사회였던 중세 시대의 유대인들은 기독교로 개종하지 않으면 공직은 물론 기능인 조합인 길드에도 참여할 수 없었다. 따라서 유대인들이 할수 있는 일이라곤 기독교인들이 하지 않는 대금업뿐이었다. 당시 중세 교회법은 돈을 이자를 받고 빌려 주는 것을 금지하고 있었기 때문이다.

따라서 상업 자본주의 시대가 도래하면서 많은 기독교인들은 유대인들에게 이자를 주고 돈을 빌려 쓰는 처지가 되고, 그런 관계가 기독교인들의 유대인에 대한 미움을 더 커지게 만들었다. 하지만 그런 억압과 탄압 때문에 궁극적으로 현재 유대인들은 세계 자본을 지배하는 민족이 되었다.

유대인들은 강제 격리 구역에 거주해야 했다. 최초의 유대인 강제 격리 구역은 1280년 이슬람 왕국 모로코의 밀라였는데, 게토라는 이름은 1516년 베네치아(베니스)에서 가장 먼저 쓰기 시작했다. 유대인은 게토 밖에서는 유대인을 나타내는 표식을 하고 다녀야 했다.

영국의 반유대주의를 강화시킨 여왕 암살 음모 사건

♜   영국에서는 에드워드 1세 때 공식적으로 유대인들을 추방한다. 남아 있는 극소수의 사람들은 기독교로 개종해야만 했다. 그런데 1594년에 이 유대인 배척 사상에 더욱 불을 지른 사건이 발생했다. 이는 여왕의 전의(典醫)였던 유대인 로데리고 로페스(Rodrigo Roberts)가 스페인 국왕에게 매수되어 여왕을 독살하려 했다는 사건이었다. 로페스는 1586년부터 여왕의 의사로 일해 온 포르투갈계 유대인이었다. 그는 결백을 주장하다가 결국 스페인 왕에게 사기를 당해 여왕 독살 음모에 연루됐다고 고백한 뒤 군중들이 보는 앞에서 교수형에 처해졌다. 나중에 그는 심한 고문에 거짓 자백을 했다고 말했으며, 여왕 또한 그의 유죄에 의구심을 지녀 사형 집행장에 3개월 동안 서명하지 않았다고 한다. 어쨌든 이 사건을 계기로 번진 반유대 감정 때문에 셰익스피어가 이 극을 집필한 것으로 알려져 있다. 이런 역사적, 시대적 분위기 속에서 셰익스피어가 유대인을 어떻게 그려 내고 있는지 주목해야 한다.

4. 셰익스피어 시대와 법

셰익스피어의 작품에는 법에 관한 언급이 빈번히 등장한다. 『베니스의 상인』이나 『자에는 자로』와 같이 법률적 문제를 다루는 극들을 썼는가 하면, 기타 작품에서도 법이나 법률가에 관한 언급들이 많다. 셰익스피어는 왜 이렇게 법과 법률가에 관심이 많았을까?

안경환은 『법, 셰익스피어를 입다』라는 저서에서 셰익스피어가 활동하던 시대가 소송 폭주의 시대여서 한 해 평균 1백만 건 이상의 소송 사건에 4백만의 국민이 관련되었으며, 재판은 시민의 중요한 여흥이었다고 주장한다.7 이런 주장을 뒷받침해 주는 대사들이 셰익스피어 텍스트에서도 종종 발견된다. 예를 들어, 샤일록은 딸이 자신의 돈과 보물을 훔쳐 기독교도와 도망을 가자 재판과 법을 들먹인다.

셰익스피어 가족들도 소송에 많이 연루되었던 것 같다. 셰익스피어의 아버지 존 셰익스피어는 여러 차례 소송에 휘말렸을 뿐만 아니라 상습적으로 소송을 했던 것으로 기록은 말해 준다. 셰익스피어도 많은 송사에 휘말린다. 1709년에 출간된 한 셰익스피어 전기는 셰익스피어가 고향을 떠난 이유도 사유지 숲에서 불법 사슴 사냥을 한 행위로 법적 처벌을 받을 처지가 되자 이를 피하려 도주했다고 주장한다.

이런 소송 경력 때문인지 셰익스피어는 법 집행이나 법률가에 대해

---

7 안경환, 『법 셰익스피어를 입다』, 서울대학교 출판문화원, 2012, 14~15쪽.

풍자하는 언급들을 많이 한다. 그 대표적 예로, 자살 충동을 느끼는 햄릿의 "사느냐 죽느냐 그것이 문제로다"로 시작되는 유명한 독백 속에 감내하기 어려운 삶의 고통 중 하나로 '법의 지연'을 거론한다. 그런가 하면 오필리아의 무덤을 파는 장면에서는 햄릿이 한 해골을 들여다보며 그것이 어쩜 과거 법률가였던 자의 것일지도 모른다고 상상하며 법률가의 탐욕에 대한 신랄한 풍자를 한다. 심지어 『헨리 6세』 제2부에서는 '법률가를 몰살하자'는 구호까지 등장한다. 『리어 왕』에서는 가진 자에게는 관대하고 가난한 자에게는 잔인한 법의 속성을 논한다. 이런 대사들을 통해 볼 때 셰익스피어 시대에도 왜곡되고 편파적인 법의 성향은 오늘날과 다름이 없었던 것 같다.

이렇게 대체로 법이나 법률가에 대해 부정적인 시각을 지닌 셰익스피어가 소위 법률 희곡이라고 여겨지는 『베니스의 상인』에서 법에 대해 어떤 견해를 보여 주고, 법에 대해 어떤 문제점들을 제기하고 있는지를 잘 살펴보아야 할 것이다.

5. 셰익스피어 시대의 가부장 제도

남성과 여성의 능력에 대한 차별적 인식, 아버지와 예비 남편의 물물 교환적 결혼 제도, 도식화된 남성과 여성의 성 역할 등 가부장제는 셰익스피어 시대의 지배적인 사고방식이었다. 『베니스의 상인』에서도 여러 가지 면에서 부권주의를 엿볼 수 있다. 우선 아버지와 딸과의 관계에서 죽은 아버지의 유언에 따라 딸의 배우자를 결정하는 플롯이 등장하고, 그 유언장의 방식으로 남편이 된 자를 군주처럼 떠받들며 자신이 소유한 모든 것을 바치는 데서 아내의 재산에 대한 남편의 권리 인정, 남편의 지배와 아내의 종속이라는 가부장 이데올로기를 엿볼 수 있다.

하지만 앞에서도 언급했듯이 이 시대는 많은 정설들에 강한 의문이 제기된 시기이다. 당연히 성에 대한 기존의 사고방식에도 회의와 의문이 싹트고 있었을 것이다. 더구나 셰익스피어 시대의 영국은 엘리자베스 1세의 통치를 통해 여성의 능력에 대한 기존의 사고방식에 변화가 생길 수밖에 없었을 것이다. 여기서 또 간과해서는 안 되는 것이 당시 극장의 관객 중 상당수가 여성이었다는 점이다.

이런 복잡한 환경 속에서 셰익스피어가 당대의 지배 담론이었던 가부장주의를 작품에서 어떻게 그려 내고 있는지, 가부장주의를 바라보는 그의 시각은 어떤지 눈여겨보아야 할 것이다.

6. 국제 무역 도시 베니스

이 작품의 배경인 베니스는 여러 개의 섬으로 이루어져 섬과 섬을 연결하는 수로가 발달하여 국제 무역이 성행하는 상업 도시로 발달했다. 일찍이 동방 무역을 시작하여 특히 14~15세기에는 해상 무역 공화국으로서 전성기를 맞이했고, 유럽에서 가장 번성한 해상 무역 도시였다. 따라서 상거래 중심지였던 베니스는 재화의 중요성이 강조되는 장소였고, 교환 가치와 경제적 이해타산이 가장 중시되는 도시였으며, 여러 민족의 사람들이 모여 사는 국제적인 도시이기도 했다.

셰익스피어가 베니스를 이 극의 주 무대로 설정한 이유를 크게 두 가지로 볼 수 있다. 첫째는 인육 재판 플롯의 원전인 지오반니(Ser Giovanni)의 『일 페코로네 *Il Pecorone*』의 배경이 베니스였기 때문이다. 두 번째는 상업 자본주의 사회의 문제를 다루기에 베니스가 최적지였기 때문이다. 등장인물의 대사 속에서도 거대한 상선, 무역 거래선, 공증인, 고리대금업자 등의 어휘들이 그런 베니스 사회의 특징을 잘 보여 준다.

베니스의 상인

등장인물

베니스의 공작

모로코의 군주 포샤의 청혼자

애러곤의 영주 포샤의 청혼자

앤토니오 베니스의 상인

밧사니오 앤토니오의 친구, 포샤의 청혼자

그라쉬아노

살레리오 ⎫ 앤토니오와 밧사니오의 친구들

솔레이니오 ⎭

로렌조 제시카의 연인

샤일록 유대인

투발 유대인, 샤일록의 친구

랜슬롯 고보 광대, 샤일록의 하인

늙은 랜슬롯 랜슬롯의 아버지

레오나도 밧사니오의 하인

발싸자 포샤의 하인

스테파노 포샤의 하인

포샤 벨몬트의 상속녀

네리사 포샤의 시녀

제시카 샤일록의 딸

기타 베니스의 귀족들, 베니스 법정의 관리들, 간수, 하인들 및 시종들

장소

베니스와 벨몬트의 포샤 집

제1막

프리드리히 브로크만, 〈포샤와 네리샤〉, 1849, 워싱턴, 폴저 셰익스피어 도서관

제1장 베니스

앤토니오, 살레리오, 솔레이니오 등장

앤토니오   정말 내가 왜 이렇게 우울한지 모르겠네.

자네들도 내 우울증이 지겹다지만 나도 마찬가지네.

내가 어쩌다가 이 병에 걸려 이 꼴이 되었는지,

이게 뭐인지, 어디서 생겨났는지

나도 모르겠네.   5

이 알 수 없는 우울증이 나를 사로잡아서

나도 나를 모르겠네.

살레리오   자네 마음은 지금 바다 위에서 출렁이고 있는 걸세.

위풍당당한 돛을 단 자네의 상선들이

바다 위의 귀족과 부호들처럼,   10

아니면 바다의 화려한 수레처럼

헝겊 날개를 펼치고, 자네 상선 옆을 지나가면서

고개 숙여 예를 표하는

작은 상선들을 굽어보는 바다 말일세.

15 **솔레이니오** 나도 그렇게 큰 투자를 했다면

내 마음의 대부분이 큰 기대와 함께

바다에 머물 걸세. 계속

바람의 방향을 알아보기 위해 풀잎을 뽑아 날려 보고

지도에서 항구와 부두와 정박지를 들여다보고 있을 걸세.

20 내 투자에 불행을 가져올까 봐

불안하게 만드는 방해물 하나하나가

날 우울하게 만들 걸세.

살레리오 입김으로 죽을 식히다가도

바다에서 태풍이 불면 얼마나 손해를 끼칠까 하는

생각이 들어 벌벌 떨릴 걸세.

25 모래시계의 모래가 흐르는 것만 봐도

여울과 모래톱을 떠올리고,

물건을 잔뜩 실은 내 앤드류 호가 모래에 처박혀

돛대 머리가 선체 아래로 기울어져

무덤에 입 맞추고 있는 모습이 떠오를 걸세.

30 성스러운 석조 건물을 보면,

바로 위험한 암초가 생각날 걸세.

이 암초에 약한 내 배의 옆구리만 스쳐도

온갖 향료를 바다에 흩뿌리고

소용돌이치는 바다를 내 비단으로 뒤덮고

한마디로, 지금 이 엄청난 가치를 지닌 것들이 35

다 사라지는 건 아닐까? 이런 일을 생각하면

고민이 많아지고, 이런 생각이 나를 우울하게 만들 거라고

왜 상상이 안 가겠는가?

그러니 말하지 말게. 앤토니오는 지금

교역품들 생각에 우울한 거란 걸 내 다 아니. 40

앤토니오 정말 그렇지 않네. 다행히도 내 사업은

배 한 척에 다 걸려 있는 것도 아니고

한 장소에 달려 있는 것도 아니야. 또한 내 재산이

올해의 운수에 다 걸려 있는 것도 아니네.

그러니 교역품 때문에 우울한 건 아니야. 45

솔레이니오 그렇다면, 사랑 때문이군.

앤토니오   무슨 쓸데없는 소리!

솔레이니오 사랑에 빠진 것도 아니라? 그렇다면 즐겁지 않으니

우울한 모양이군. 그건

자네가 웃고 펄쩍펄쩍 뛰면서 우울하지 않으니

즐겁다고 말하는 것처럼 쉬운 일이지. 두 얼굴을 지닌 야누스에 50

맹세코 자연은 이상한 인간들을 만들어 놓기도 하지.

항상 눈을 가늘게 뜨고 구슬픈 백파이프 연주를 듣고도

앵무새처럼 웃는 사람이 있는가 하면,

또 어떤 사람은 식초라도 마신 듯 오만상을 찌푸리고

55 늙은 현자 네스토르[1]도 소리 내어 웃을 만한 농담에도

이빨을 드러내고 미소를 짓지 않으려 하지.

밧사니오, 로렌조, 그라쉬아노 등장

저기 자네의 가장 고결한 지인인 밧사니오와

그라쉬아노, 로렌조가 오는군. 더 좋은 친구들이 오니

우린 가 봐야겠네. 잘 있게.

60 **살레리오** 더 훌륭한 친구들이 오지 않았다면, 자네 기분이 좋아질

때까지 같이 있으려고 했네만.

앤토니오 자네들도 내 소중한 친구일세.

자네들 볼일이 있어서

마침 이 기회를 삼아 가는 거 같은데.

65 **살레리오** 안녕들 하신가, 경들?

밧사니오 두 양반 우리 언제 만나 한바탕 놀아 보지? 어, 언제?

자네들 요즘 부쩍 날 멀리해, 꼭 그래야겠나?

살레리오 곧 짬을 내보겠네.   (살레리오와 솔레이니오 퇴장)

로렌조 밧사니오 경, 이제 앤토니오도 만났으니

---

1 네스토르 : 그리스 신화에 나오는 영웅으로, 트로이 전쟁 때 그리스의 지혜로운
  노장수로 아가멤논 밑에서 여러 왕 사이를 중재하고 고문 역할을 하였다.

우리 둘은 가겠네. 저녁 때 만나기로 한 70

장소는 잊지 말게.

밧사니오 절대 잊지 않겠네.

그라쉬아노 앤토니오, 자네 안색이 안 좋아 보이는군.

자네는 세상사를 너무 심각하게 받아들여.

너무 걱정이 많으면 세상을 즐길 수가 없지. 75

정말이지 자넨 너무 변했어.

앤토니오 그라쉬아노, 난 세상을 있는 그대로 받아들이는 거야.

이 세상은 모두가 각자 자기 역할을 하는 무대이고,

내 역할은 우울한 역이야.

그라쉬아노 그렇다면 난 광대 역할을 하겠어.

이왕 늙어 주름살이 생길 거면 즐겁게 웃어서 생기게 하고, 80

고통스러운 신음 소리로 심장을 식히기보다는

술로 간을 덥히겠네.

뜨거운 피를 지닌 사람이 어째서 석고상으로 조각한

조상님네들처럼 가만히 앉아 있어야 한단 말인가?

깨어 있는 데도 잠든 듯하고? 까다롭게 굴어서 85

황달 병자처럼 된단 말인가? 정말이지, 앤토니오,

이건 내가 자네를 사랑해서 하는 말인데

고인 연못처럼 허옇게 찌꺼기가 낀

얼굴을 하고 일부러 침묵을 지키는

부류의 사람들이 있지. 90

그들은 현명하고, 진중하며, 생각이 깊다는

평가를 받기 위해서 "나는 신탁을 전하는 자니,

내가 입을 열 때는 개도 짖지 못하게 하라"고

말하는 듯하지. 아, 앤토니오,

95   그저 말을 하지 않아서 현명하다는

평판을 얻은 자들을 내 알고 있네. 하지만

이들이 말을 하면 분명 그 말을 들은 사람들은

자신들의 귀를 저주할 걸세. 설혹 자기 형제라 해도

바보라고 부르지 않을 수 없을 테니까.

100   이에 대해서는 나중에 더 얘기하겠네.

그러나 우울증이란 미끼를 써서

평판이라는 바보 물고기를 낚을 생각일랑 말게.

자, 가세. 로렌조. 그럼 잠시 뒤에 보세.

저녁 식사 후에 설교를 마저 하기로 하지.

105   **로렌조**   그럼 잠시 헤어졌다가 저녁때 보자구.

그라쉬아노가 말할 기회를 안 주니

내가 그 과묵한 현자가 되었군.

그라쉬아노   나하고 이 년만 더 같이 다니면

자네 목소리도 잊어버릴 걸세.

110   **앤토니오**   잘들 가게. 그럼 나도 이번 기회에 수다쟁이가 되어 보

겠네.

그라쉬아노   고맙군. 침묵한다고 칭찬받을 수 있는 건

말린 소 혓바닥하고 팔아먹을 수 없는 노처녀뿐이거든.

(그라쉬아노와 로렌조 퇴장)

앤토니오 지금 저건 무슨 뜻인지.

밧사니오 그라쉬아노는 온 베니스 천지에서 누구보다 쓸데없는 소
리를 많이 하지. 이치에 맞는 말이라곤 왕겨 두 가마에 밀알이   115
두 개 들어 있는 정도여서, 하루 종일 찾아야 할 걸세. 그것도 찾
아봐야 수고의 가치도 없는 것들이지만.

앤토니오 그나저나 자네가 은밀한 순례를 떠나겠다고
맹세한 여인에 대해 말해 주게.   120
오늘 말해 주겠다고 약속했으니.

밧사니오 앤토니오, 자네도 내가 얼마 안 되는 재산으로
지속할 수 없을 정도로 아주 허영에 찬
방탕한 생활로 인해서
재산을 얼마나 탕진했는지 잘 알고 있지.   125
이제 그런 상류 생활을 못 하게 돼서
한탄하는 게 아니라, 과거 너무 방탕하게 사느라
진 빚에서 어떻게 하면
벗어날 것인가가 큰 걱정이네. 앤토니오 자네에게
금전적으로든 우정에 있어서든   130
가장 빚을 많이 졌네.
그래서 자네의 사랑을 믿고 내가 진 빚을
다 청산할 은밀한 계획과 의도를

　　　　　　자네에게 모두 털어놓겠네.

135　**앤토니오**　밧사니오, 어서 말해 보게.

　　　　　　자네가 항상 그렇듯이, 그 일이

　　　　　　명예로운 일이기만 하면,

　　　　　　내 돈주머니, 내 자신, 내 마지막 한 푼까지

　　　　　　필요하면 다 써도 좋네.

140　**밧사니오**　학창 시절에 난 화살 한 대를 잃어버리면

　　　　　　먼저 쏜 화살을 찾기 위해서 다음 화살을

　　　　　　더 신중하게 겨냥해서 똑같은 방향으로 쏘았네.

　　　　　　두 개 다 잃어버릴 수도 있는 모험을 해서

　　　　　　두 개 다 찾곤 했지. 내가 하려는 얘기가 아주 진솔한

145　　　　　것이기 때문에 이 어린 시절의 예를 드는 것이네.

　　　　　　나는 자네에게 많은 빚을 졌고, 객기 어린 젊은이처럼

　　　　　　빚진 걸 다 탕진했네. 그렇지만 자네가

　　　　　　처음 쏜 것과 똑같은 방향으로

　　　　　　화살을 하나 더 쏘아 준다면,

150　　　　　내가 조준을 잘 해서 반드시 화살을 둘 다 찾거나

　　　　　　아니면 자네가 위험을 무릅쓰고 쏘아 준

　　　　　　두 번째 화살만이라도 찾아와 첫 번째 화살에만 빚을 지겠네.

　　　　앤토니오　날 잘 알면서 이렇게 내 우정을

　　　　　　우회적으로 떠보는 것은 시간 낭비일 뿐이네.

155　　　　　내가 최대한 도울 거라는 걸 의심함으로써

자네는 지금 내 전 재산을 다 날린 것보다도

더 큰 잘못을 내게 저지르고 있네.

그러니 자네 생각에 내가 할 수 있는 것들 중에서

내가 해야 될 일만 말해 주게.

그러면 당장 행하겠네. 그러니 말해 보게.   160

밧사니오 벨몬트에 많은 유산을 상속받은 여인이 있네.

그녀는 말로 표현할 수 없을 만큼 아름답고

놀라운 미덕을 갖추었지. 언젠가 그녀의 두 눈에서

아름다운 무언의 메시지를 받았어.

그녀의 이름은 포샤이고, 카토의 딸이자 브루투스의 아내인   165

포샤2와 비교해도 무엇 하나 뒤지지 않아.

온 세상이 그녀의 가치를 알아

사방에서 내로라하는 청혼자들이

몰려오고, 그녀의 황금빛 머리타래는

황금 양털3처럼 그녀의 관자놀이에 달려 있어   170

벨몬트의 그녀 집은 콜키스 해안이 되고

---

2 포샤 : 로마 정치가 소(小) 카토의 딸이자 시저 암살에 가담했던 공화주의자 마
르쿠스 브루투스의 아내이다.

3 황금 양털 : 콜키스 왕국의 보물로 날개 달린 황금빛 양의 털가죽이다. 황금 양
털은 이아손의 아버지 아이손으로부터 이올코스의 왕위를 찬탈한 삼촌 펠리아스
가 왕위를 요구하는 이아손에게 부여한 과업이었다. 펠리아스가 왕위를 내놓기
싫어서 내건 이 과업을 달성하기 위해 이아손은 그리스에서 가장 뛰어난 영웅들
을 불러 모아 아르고 호를 타고 황금 양털이 있는 콜키스 해안으로 모험을 떠났
다. 이아손은 온갖 모험과 역경을 이겨 내고 콜키스 왕국의 공주 메데이아의 도
움을 받아 결국 황금 양털을 손에 넣는다.

수많은 이아손들이 그녀를 얻으러 몰려온다네.

오, 앤토니오, 이들과 겨루어 볼

수단이 내게 있다면

내가 틀림없이 행운을 잡을 거라는

예감이 드네.

앤토니오　자네도 알다시피 내 재산은 다 바다에 떠 있네.

나는 현금도 없고, 그만한 돈을 끌어모을 만한

물건도 없네. 그러니 가서

자네가 벨몬트의 아름다운 포샤에게 갈 채비를 하기 위해

베니스에서 내 신용을 담보로

빌릴 수 있는 한 최대한의 돈을 빌려 보세.

당장 가서 알아보게, 나도 알아보겠네.

돈만 있다면 내 신용이나 나를 믿고

틀림없이 빌려줄 걸세.　　　　　　　　　　　　　　(퇴장)

제2장 벨몬트

포샤, 시녀 네리사와 함께 등장

포샤　정말이지, 네리사, 내 이 작은 몸은 이 큰 세상이 지겹단다.

네리사 아가씨가 지닌 행운만큼 불행하다면 그럴 거예요. 하지만 제가 보기엔 아무것도 못 먹어 굶주리는 사람처럼 너무 많이 포식하는 사람도 병들기는 마찬가지인 것 같아요. 그러니 중간쯤 위치하는 게 적지 않은 행복이에요. 지나치면 너무 일찍 흰머리가 생기지만, 적절하면 장수하지요.

포샤 멋진 말을 잘도 하는구나.

네리사 그 말들을 잘 실천하면 더 좋겠죠.

포샤 올바르게 행동하는 것이 그걸 아는 것처럼 쉽다면, 작은 예배당이 큰 교회가 되고, 가난한 사람들의 오두막이 궁궐이 되었겠네. 자신의 가르침을 잘 지키는 설교자는 훌륭한 성직자지. 내 가르침을 실천하는 스무 명 중의 한 명이 되는 것보다 스무 명에게 선행이 무엇인지 가르치는 게 훨씬 쉬워. 머리로는 혈기를 다스리는 법을 생각해 내어도, 뜨거운 혈기는 이성적인 교훈 따위를 뛰어넘어 버리거든. 청춘의 혈기는 토끼처럼 절름발이인 선한 충고의 덫을 훌쩍 뛰어넘어 버리지. 그러나 이런 생각은 내가 남편을 선택하는 방식에는 적용되지 않아. 아, "선택"이라는 말! 내가 원하는 사람을 선택할 수도 없고, 싫어하는 사람을 거절할 수도 없으니, 살아 있는 딸의 뜻이 죽은 아버지의 유언에 제약을 받는구나. 네리사, 남편을 선택할 수도 없고 거절할 수도 없다니 이건 너무한 것 아니야?

네리사 아가씨 선친은 항상 덕 있는 분이셨고 그런 고결한 분들은 돌아가실 때 훌륭한 영감이 떠오른다고 해요. 그러니 선친께서 아가씨를 차지할 방법을 담아 둔 이 세 개의 금, 은, 납 함 고르기는 아가씨가 사랑할 만한 분만이 올바르게 고를 수 있을 거예요. 그런데 이미 와 있는 지체 높은 청혼자들 중에서 마음이 끌리는 분이 있으세요?

포샤 네가 그 사람들의 이름을 대봐. 한 사람씩 이름을 호명하면 내가 그들을 묘사할 테니, 그길 듣고 내 애징을 가늠해 봐.

네리사 먼저, 나폴리 군주요.

포샤 그 사람은 망아지야. 오직 말 얘기만 하고, 말에 손수 편자를 박는 것을 큰 재주로 여기니까. 그 사람 엄마가 대장장이와 정을 통하지 않았는지 심히 의심스러워.

네리사 다음엔 팰러타인 백작이요.

포샤 "나를 택하지 않는다면 어디 한번 골라 보시지."라고 말하는 듯, 그 사람은 항상 찡그리고 있어. 재미있는 얘기를 들어도 웃지 않으니. 젊어서도 어울리지 않게 저렇게 우울한데 늙으면 징징거리는 철학자가 될까 봐 겁이 난다니까. 이 두 사람 중 한 명과 결혼하느니 입에 뼈를 물고 있는 해골바가지와 결혼하는 게 낫겠어. 하나님 저를 이 두 사람으로부터 보호하소서!

네리사 프랑스 귀족 르 봉 경은 어떠세요?

포샤 하나님이 만드셨으니 사람으로 쳐 주기는 해야겠지. 사실 남을 이렇게 조롱하는 게 죄가 되는 줄은 알지만, 그 사람은 참! 그는 나폴리 군주의 말보다 더 좋은 말을 가졌고, 팰러타인 백작보다 더 인상을 써. 모든 사람을 흉내 내니 자기 개성은 하나도 없어. 티티새가 울면 춤을 춰 대고, 자기 그림자하고 칼싸움을 할 사람이야. 그런 사람과 결혼하면, 남편이 스무 명은 될 거야. 그가 나를 경멸하면 기꺼이 용서해 주겠어. 날 미치도록 사랑해도, 그 사랑을 절대 받아 줄 수 없으니까.

네리사 그럼 영국의 젊은 남작 팔콘브리지에 대해서는 어떻게 말씀하시겠어요?

포샤 내가 그에게 아무 말도 않는다는 걸 너도 알잖아. 그도 내 말을 이해 못 하고, 나도 그래. 그는 라틴어, 불어, 이탈리아어를 하나도 못하고, 네가 법정에서 증인을 설 정도로 나는 영어를 아주 조금밖에 못하잖아. 그는 제대로 생긴 사람의 표본이지만, 무언극으로 얘기 나눌 수는 없잖아? 옷차림은 얼마나 기괴한지! 위 재킷은 이탈리아에서 사고, 엉덩이가 빵빵한 바지는 프랑스에서, 모자는 독일에서, 예의범절은 사방에서 산 것 같아.

네리사 이웃인 스코틀랜드 귀족은 어떻게 생각하세요?

포샤 그는 이웃을 사랑하는 자비심을 가진 사람 같아. 영국 남작한테 따귀를 한 대 맞고도, 갚을 수 있을 때 되갚겠다고 맹세하는 걸 보면. 프랑스 귀족이 그 빚을 되갚겠다는 보증서의 보증인이 되어 서명한 것 같아.

네리사 색소니 공작의 조카인 젊은 독일인은 어떠세요?

포샤 정신이 말짱한 오전에도 아주 고약하지만, 술 취한 오후에는 정말 끔찍해. 가장 좋을 때도 인간 이하이고, 가장 나쁠 때는 짐승보다 나을 게 없지. 그러니 최악의 상황이 발생한다 해도, 그 사람만은 뺐으면 좋겠어.

네리사 그분이 함 고르기를 해서 올바른 함을 선택했는데, 그를

90
받아들이지 않으면 선친의 유언을 거역한 게 될 텐데요.

포샤 그러니까 최악의 사태가 생기지 않도록 라인 산 포도주를 틀

린 함 위에다가 가득 따라서 올려놔 줘. 속에 악마가 들어 있어

도 밖에 유혹하는 술잔이 있으면, 그 사람은 그걸 선택할 데니끼.

95
어떻게 해서라도 스펀지 같은 술꾼하고는 결혼하지 않을 거야.

네리사 이 사람들 중 누군가와 결혼하게 될까 봐 걱정하실 필요

없어요. 그분들은 이미 저에게 자신들의 결정을 알려 주었거든요.

함 고르기라는 부친의 유언 말고 다른 방식으로 아가씨와 결혼하

100
게 되지 않는다면 더 이상 청혼으로 아가씨를 귀찮게 하지 않고

고향으로 돌아가겠다고요.

포샤 점쟁이 시빌라4처럼 오래 산다 해도 아버지의 유언에 따라

결혼하지 않는다면, 디아나 여신5처럼 처녀로 늙어 죽을 거야. 이

들 구혼자들이 그리 사리 분별이 있다니 다행이군. 그들이 떠난

105
다 해서 내가 매달릴 사람은 그 중 한 명도 없으니까. 그러니 하

나님 제발 그들이 잘 떠나게 해 주세요.

---

4 시빌라 : 오비디우스의 『변신이야기』에서 쿠마에의 무녀 시빌라는 아폴론 신의
사랑을 받았다. 아폴론 신이 소원이 뭔지 말하면 들어주겠다고 하자 그녀는 한
줌의 모래를 들고 와서 그 모래알만큼 수명을 달라고 요구한다. 그러나 그녀는
장수만 요청했지, 젊음을 요구하지 않았다. 그래서 그녀의 육체는 세월이 가면서
점점 시들고 쪼그라들어 항아리에 보존되다가, 결국 목소리만 남게 된다. 그래서
시빌라는 장수의 상징이 되었다.
5 디아나 여신 : 그리스 신화의 아르테미스에 해당하는 로마 여신으로, 달과 사냥
의 여신이자 순결한 처녀신이다. 태양의 신인 아폴론과 남매지간이다.

네리사 선친이 살아 계실 때 몽페라 후작을 따라서 이곳에 왔던

학자이자 군인인 베니스 사람을 기억하세요, 아가씨? 110

포샤 기억하고말고, 밧사니오! 내 생각에 이름이 그랬던 것 같은데.

네리사 맞아요, 아가씨. 저의 어리석은 눈이 지금껏 보아 온 사람

들 중에서 그분이 아름다운 아가씨를 차지할 만한 사람 같아요.

포샤 그를 생생히 기억하고 있어. 내 기억으로는 너의 그런 칭찬

을 받을 만한 사람이었던 것 같아. 115

하인 등장

왜, 무슨 일이냐?

하인 손님 네 분이 작별 인사를 하기 위해 아가씨를 찾고 계십

니다. 그리고 다섯 번째 청혼자인 모로코 군주의 전령이 왔는

데, 그에 따르면 자기 주인이 오늘 밤 이곳에 도착할 예정이

랍니다. 120

포샤 떠나는 네 사람에게 작별 인사를 하는 만큼이나 즐거운 마음

으로 다섯 번째 구혼자를 환영할 수 있다면, 그가 오는 것이 기

쁘련만. 그가 성자의 심성을 지녔는데 악마의 외모를 지닌 거라

면, 내 남편이 되기보다는 나의 고해 신부가 되었으면 좋겠다. 125

자, 네리사, 가자. (하인에게) 너는 먼저 가거라.

한 사람의 구혼자가 대문을 나서자마자, 다른 사람이 대문을 두

드리는구나. (퇴장)

제3장 베니스

밧사니오가 유대인 샤일록과 함께 등장.

샤일록 삼천 두카트6라.

밧사니오 그래요, 석 달 동안.

샤일록 석 달 동안이라.

밧사니오 말했듯이 앤토니오가 보증을 설 거요.

5 **샤일록** 앤토니오가 보증을 선다.

밧사니오 도와주겠소? 부탁을 들어주겠소? 답을 해 주겠소?

샤일록 석 달 동안 삼천 두카트라. 그리고 앤토니오가 보증을 선다.

밧사니오 빌려 주겠소?

10 **샤일록** 앤토니오는 좋은 사람이지요.

밧사니오 그렇지 않다는 얘기라도 들은 적이 있소?

샤일록 어, 아니. 아니, 아니요. 그가 좋은 사람이라고 말한 것은 그가 보증인으로 충분하다는 뜻이지요. 하지만 그의 재산은 불안 정한 상태지요. 그의 상선 한 척은 트리폴리로 가고 있고, 다른 한 척은 인도 제도로 가고 있어요. 그리고 거래소에서 들은 바로 는 세 번째 배는 멕시코에 있고, 네 번째 배는 영국으로 가고 있

---

6 두카트 : 1284년 베니스에서 만든 금화 또는 은화로 이후 500여 년에 걸쳐 유럽 에서 널리 통용되었다.

으며, 그 밖에도 해외 여기저기에 투자한 모양이더군요. 그런데 배는 나무 판때기일 뿐이고, 선원들은 인간에 불과하죠. 게다가 육지 쥐도 있고 바다 쥐도 있으며, 바다 도적도 있고, 육지 도적 도 있죠. 해적들 말입니다. 거기다 파도와 태풍과 암초의 위험도 있고요. 그래도 그 사람이면 충분합니다. 삼천 두카트라. 그의 보 증을 받아들일 생각입니다.

20

밧사니오 안심해도 될 거요.

25

샤일록 안심해도 되겠죠. 그래도 확실히 하기 위해, 좀 더 생각해 보죠. 앤토니오 님과 얘기 좀 해볼 수 있을까요?

밧사니오 괜찮다면 식사를 같이합시다.

샤일록 돼지고기 냄새를 맡고, 당신들의 예언자 나사렛 사람이 악마를 불어넣은 고기를 먹으라구요?[7] 당신들과 사고, 팔고, 말하고, 같이 걷 고 하는 일들은 하겠지만, 같이 밥 먹고, 술 마시고, 기도하는 일은 안 할 겁니다. 거래소에 무슨 일이 있나? 저기 오는 게 누구인가?

30

앤토니오 등장

밧사니오 앤토니오요.

35

샤일록 (방백) 꼭 아첨하는 세리[8] 놈처럼 생겼군!

----

7 유대인 식생활 지침서인 '코셔(kosher)'에는 돼지를 먹지 말아야 할 동물로 분류 하고 있다.

30

8 세리 : 로마 제국에 속해 있는 지방에서 세금 걷는 일을 하던 사람을 말한다.

저자가 기독교인이라서 싫기도 하지만

어리석게 돈을 공짜로 빌려 줘서

이곳 베니스에서 우리 이자를

40 떨어뜨려서 더 싫어.

기회만 왔단 봐라.

그동안 사무친 원한을 톡톡히 갚아 줄 테니.

저자는 성스러운 우리 민족을 미워하고,

상인들이 잔뜩 모이는 곳에서 내 자신과 내 사업과

45 내 정당한 이득을 고리대금이라고 욕해 대지.

내가 저자를 용서하면 우리 유대 종족에

천벌이 내릴 것이다!

밧사니오　　　　샤일록, 듣고 있소?

샤일록　갖고 있는 돈을 계산하고 있소이다.

대충 기억을 더듬어 어림잡아 보니

50 당장 삼천 두카트를 끌어 모으기는

어려울 것 같습니다. 이건 어떨까요?

우리 유대인 중 돈이 많은 투발에게서

돈을 마련하는 거요. 그런데 잠깐, 몇 달 동안

필요하다고 했죠? (앤토니오에게) 안녕하십니까?

55 지금 나리 얘기를 하던 중이었습니다.

앤토니오　샤일록, 내 비록 이자 받고 돈을 빌려 주지도

이자 주고 돈을 빌리지도 않지만,

내 친구가 워낙 다급한지라

관례를 깨는 거요. (밧사니오에게) 얼마나

필요한지 얘기했나?

샤일록　　　　네, 네. 삼천 두카트라구요.　　　　　　　　60

앤토니오　기한은 석 달이요.

샤일록　아, 깜빡했네요, 석 달. (밧사니오에게) 그렇게 말씀하셨죠.

그리고 나리가 보증을 서고요. 그런데 잠깐만요—

이자를 받고 돈을 빌려 주지도 이자를 주고 빌리지도

않는다고 말씀하신 것 같은데요.

앤토니오　　　　그렇소. 절대 그리 안 하오.　　　　　　　65

샤일록　야곱[9]이 자기 삼촌 라반의 양을 칠 때,

이 야곱은 그의 똑똑한 어머니의 조작[10]으로

우리 조상 아브라함으로부터 삼 대째

---

9 야곱 : 구약 성서 창세기에 나오는 아브라함의 손자이자 이삭의 작은 아들로 이
　스라엘 백성의 조상으로 여겨진다. 이삭과 리브가 사이에서 태어난 그는 에서의
　쌍둥이 동생이다. 야곱이 장자권을 얻어 내기 위해 형 에서를 교묘히 속인 사실
　이 드러나, 야곱은 에서의 분노를 피해 메소포타미아의 하란으로 도망간다. 하란
　에 있는 외삼촌 라반의 집에서 이종 사촌인 라헬을 아내로 맞기 위해 7년 동안
　일했지만 라반은 라헬 대신 언니 레아를 잠자리에 몰래 들여보내 결혼시켰다. 야
　곱은 라헬을 아내로 맞기 위해 다시 7년 동안 라반 밑에서 일을 했다. 그 후 레
　아와 라헬 사이에서 13명의 자녀를 두었는데, 그중 12명이 이스라엘 12지파의
　시조가 되었다.
10 리브가는 임신 중에 하느님으로부터 쌍둥이를 낳게 될 것인데, 두 아들 중 한
　아이가 위대한 민족을 일으켜 장자인 에서가 동생 야곱의 시중을 들게 되리라는
　말을 들었다. 그래서 야곱을 에서로 변장시켜 이삭에게 맛난 음식을 갖다 주고
　장자의 축복을 받고 돌아오게 한다.

상속자가 되었는데, 그래 맞아요, 야곱이 삼 대째였죠.

앤토니오   그가 어쨌단 말이오? 야곱이 이자라도 받았소?

샤일록   아니, 이자를 받지는 않았죠. 나리가 말하는 그런

이자를 받은 건 아니고요. 야곱이 어떻게 했는지 들어 보세요.

라반과 야곱이 줄무늬나

얼룩무늬가 있는 새끼 양들은 모두

야곱의 품삯으로 주기로 합의하고,

가을이 끝날 무렵 암양들이 발정기를 맞아

숫양 짝을 찾아

이 양털 생산 동물들이 짝짓기를 할 때

이 영리한 양치기는 나뭇가지의 껍질을 벗겨서

양들이 한창 그 짓을 할 때에

달아오른 암양들 앞에다 그 나뭇가지들을 꽂아 두었죠.

이 양들이 새끼를 배어서 낳을 때가 되었을 때

알록달록한 새끼를 낳아, 모두 야곱의 것이 되었지요.

그는 이렇게 부자가 되어 축복을 받았습니다.

그러니 훔치지만 않는다면 돈 불리기는 축복받을 일이지요.

앤토니오   야곱이 한 짓은 일종의 투기이고,

자신의 힘으로 이룬 게 아니고

하나님의 손으로 이루어 낸 것이오.

이 이야기가 이자를 정당화하려고 성경에 쓰여 있단 말이오?

아니면 당신 금화 은화가 암양과 숫양이라도 된단 말이오?

샤일록 그건 잘 모르겠지만, 난 돈이 가능한 빨리 새끼를 치게 하죠.

나리, 근데 제 말 좀 들어 보세요.

앤토니오   이것 보게, 밧사니오.

악마는 제 필요에 따라 성경을 인용한다니까.

사악한 영혼이 성경을 증거로 내세우는 건

미소를 띤 악당과 같은 거지.   95

속은 썩었는데 겉만 번지르르한 사과처럼 말이야.

아, 가짜가 겉모습은 얼마나 그럴싸한지!

샤일록 삼천 두카트라, 꽤 큰돈인걸.

열두 달 중 석 달이라, 음, 이자 좀 계산해 보죠.

앤토니오 자, 샤일록, 돈을 빌려 주겠소?   100

샤일록 앤토니오 나리, 나리는 수도 없이

거래소에서 나의 돈과 이자에 대해서

욕을 하셨죠. 지금까지 나는

그것을 말없이 어깨를 으쓱하며 참아 왔습니다.

인내하는 것이 우리 유대인의 특징이니까요.   105

나리는 나를 이교도니, 잔인한 개니 하며

내 유대인 장옷에다 침을 뱉곤 하셨죠.

그게 다 내 것을 내 마음대로 쓴 탓이죠.

그런데 이제 내 도움이 필요한 모양이죠.

세상에, 이제 나한테 와서   110

"샤일록, 돈 좀 빌려 줘야겠네.", 이렇게 말하시는군요.

내 수염에다 침을 뱉고

당신네 문지방에서 낯선 개처럼 나를

발길질하던 사람이 돈을 빌려 달라 이거지요.

115 뭐라고 대답하리까? "개가 무슨 돈이 있습니까? 개가 삼천 두카

트나 되는 거금을 빌려 드릴 수 있겠습니까?"

라고 대답하면 안 됩니까? 아니면

머리를 조아리고 종놈의 어조로

숨을 죽이고, 겸손하게 속삭이듯

120 이렇게 말할까요,

"존경하는 나리, 지난 수요일에 제게 침을 뱉고,

어느 날인가 제게 발길질을 하고, 또 언젠가는

절 개라고 부르셨죠. 이런 대접을 받은 대가로

그런 거금을 빌려 드리겠습니다."

125 **앤토니오** 난 그대를 또 그렇게 부를 거고

침도 뱉을 거고, 발길질도 할 거요.

돈을 빌려 주려면, 친구들에게는

빌려 주지 마시오, 친구의 쇠붙이에서

우정이 새끼를 치겠소?

130 차라리 원수에게 빌려 주면

그가 위약해도 아무렇지 않게

위약금을 받아 낼 수 있지 않겠소.

샤일록 참 폭풍처럼 퍼부으시는군요!

난 나리의 친구가 되어 나리와 우정을 나누고

그동안 내게 가하신 모욕을 잊고   135

당장 필요하신 돈을 꿔드리고, 그 돈에 대해

이자 한 푼 받지 않으려 했는데, 내 말은 듣지도 않으시는군요.

이런 선심을 쓰려 했는데.

밧사니오   그렇다면 그건 진정 선심이요.

샤일록   이 선심을 진짜 보여 드리죠.

나와 같이 공증인한테 가서 차용 증서에   140

서명을 해 주시죠. 그런데 그 증서에 장난삼아

정해진 날짜, 정해진 장소에서 차용 증서에

명시되어 있는 액수를 갚지 않으면,

위약금조로 당신의 몸에서

내가 원하는 부위의   145

살 1파운드를 떼어 간다고

명시합시다.

앤토니오   좋소! 그 차용 증서에 서명을 하고

유대인도 대단히 친절하다고 말하겠소.

밧사니오   나 때문에 그런 차용 증서에 서명해서는 안 되네.   150

차라리 그냥 궁색하게 살겠네.

앤토니오   걱정 말게. 내가 위약하는 일은 없을 걸세.

이 계약 기간이 만료되기 한 달 전인 두 달 안에

차용 증서에 명시된 금액보다 아홉 배나 되는

155   돈이 들어올 거야.

샤일록   아, 아브라함 조상님, 기독교인들은 이렇다니까요.

자기들이 못된 짓들을 해 대니 다른 사람의 생각을

이렇게 의심한다니까요! 어디 좀 들어 봅시다.

만약 저 나리가 약속 날짜를 어겨 내가 그 위약물을

160   받는다고 내게 무슨 이익이 되겠소?

사람에게서 떼어 낸 살 1파운드는

값어치도 없고, 양고기나 소고기나

염소고기처럼 돈이 되지도 않아요. 다시 말하지만

이분의 환심을 사기 위해서 이러한 친절을 베푸는 겁니다.

165   이 우정을 받아들이면 좋고, 아니면 그만 헤어집시다.

부디 내 친절을 오해하지 마시오.

앤토니오   좋소. 샤일록, 그 차용 증서에 서명하겠소.

샤일록   그렇다면 공증인 사무소에서 만나죠.

공증인더러 이 재미있는 차용 증서를 작성하라 하십시오.

170   저는 가서 돈을 챙기고

허술한 녀석한테 맡겨 놓아 마음이 불안하니

집 좀 살펴보고 곧장

그리 가겠습니다.   (퇴장)

앤토니오   유대인 양반, 서둘러 갔다 오시오.

이 유대인이 기독교도로 개종하려나. 친절해진 거 같네.

175 **밧사니오**   말은 달콤하게 하나 속이 시커먼 것 같아 맘에 걸려.

앤토니오 자, 걱정할 것 없네.

만기 날짜보다 한 달 전에 내 배들이 돌아오니.

제2막

길버트 스튜어트 뉴턴, 〈샤일록과 제시카〉, 1830, 개인소장

제1장 벨몬트

나팔 소리. 온통 흰옷 차림의 검은 무어인 모로코 군주와 같은
차림인 서너 명의 수행원, 포샤, 네리사 및 시종들과 함께 등장

모로코 군주 내 피부색 때문에 날 싫어하지 마시오.

이는 타오르는 태양이 가져다준 검은 옷이니.

난 태양과 가까운 곳에서 자라났소.

태양신 피버스의 열기가 고드름을 녹인 적이 없는

북구 태생의 가장 흰 얼굴을 지닌 사람을 데려와   5

우리에게 상처를 내어, 당신의 사랑을 얻기에 그와 나 중

누구 피가 더 붉은지 증명해 보이리다.

내 모습을 보고 용맹한 자들도

두려워했소. 내 사랑에 걸고 맹세하지만

우리나라에서 가장 찬양받는 처녀들도   10

내 모습을 사랑했소. 나의 사랑스런 여왕인 당신 사랑을

훔치기 위한 게 아니라면, 절대 이 피부색을 바꾸지 않겠소.

포샤 배우자를 고르는데 있어서 저는 젊은 처자의 눈에만

이끌리지 않습니다.

15 더군다나 내 운명을 결정할 함 고르기 때문에

마음대로 고를 수 있는 권리도 제게는 없습니다.

그러나 아버지께서 저를 제쳐 두고, 기지를 써서

제가 말씀드린 그러한 방법으로 저를 차지한

사람의 아내가 되도록 구속하지 않았다면,

20 명망 있는 군주님, 군주님도 제가 지금껏 보아 온

어떤 구혼자만큼이나 제 사랑을 얻기에

훌륭하십니다.

모로코 군주 그 말씀만으로도 고맙소.

그러니 내 운을 시험하게 함이 있는 곳으로

안내해 주시오. 술래이만 대제11를 세 번이나

25 전쟁터에서 물리친 페르시아 왕과 왕자를 살해한

이 반월도12에 맹세코, 아가씨를 얻기 위해서라면

세상에서 가장 무서운 눈초리도 마주 보아 이겨 내고

이 지구상에서 가장 용맹한 사람도 더한 용기로 압도하고,

젖을 빨고 있는 새끼 곰들을 어미 곰에서 잡아떼고,

---

11 술래이만 대제 : 오스만 투르크 제국의 황제 술래이만 1세(1496~1566)를 말한다.
12 반월도 : 투르크 족들이 사용했던 커브가 있는 큰 칼

먹이 찾아 울부짖는 사자도 놀려 대겠소. 30

허나 애석하도다!

헤라클레스와 그의 하인 리카스가 주사위를 던져

누가 더 나은 사람인지 결정하면, 운에 따라

약한 쪽이 더 큰 수를 던질 수도 있는 것이오.

그래서 헤라클레스가 자신의 분노 때문에 파멸 당하듯이 35

나도 눈먼 운명의 여신에 이끌려

나보다 가치 없는 사람이 차지할 수 있는 것을 놓쳐

그 슬픔으로 죽을지도 모르오.

포샤   그건 운에 맡기셔야지요.

아예 선택을 하지 마시든지

아니면 선택 전에 맹세하십시오. 만약 잘못 선택하면 40

절대 어떤 여인에게도 구혼하지 않겠다고

말입니다. 그러니 신중히 잘 생각해 보십시오.

모로코 군주 절대 구혼하지 않을 테니, 행운을 시험할 곳으로 데

려다주시오.

포샤 먼저 교회에 가시지요. 식사 후에

행운 시험에 임하십시오.

모로코 군주   그때 행운이 있기를. 45

가장 축복받은 자가 되든 가장 저주받은 자가 되든!

(나팔 소리와 함께 퇴장)

제2장 베니스

광대 랜슬롯 고보 혼자 등장

랜슬롯 틀림없이 이 유대인 주인집에서 도밍지게 내 양심이 도와

줄 거야. 악마가 내 팔꿈치 곁에 와서 이렇게 유혹하지. "고보야,

랜슬롯 고보야, 착한 랜슬롯아." 아니면 "착한 고보야, 착한 랜슬

롯 고보야." 이것도 아니면 "착한 랜슬롯 고보야, 다리를 써서, 출

5 발해, 도망치라구." 그러면 양심이 이렇게 말하지. "안 돼, 정직한

랜슬롯, 신중해, 정직한 고보, 신중하라고." 아니면 앞서 말했듯이

"정직한 랜슬롯 고보, 도망가지 마, 도망간다는 생각을 발꿈치로

차 버려." 그런데 아주 용감한 악마는 나보고 보따리를 싸라고

10 명령하지. "어서!" 하고 악마는 말하고, "가라구!" 하고 부추겨.

"제발 용기를 내." 하고 악마는 재촉해. 그러면 내 양심은 내 심

장의 목덜미에 매달려 아주 현명하게 이렇게 타이르지. "정직한

남자, 혹은 정숙한 여자의 아들인 나의 정직한 친구 랜슬롯." 사

15 실이지 아버지한테서는 무언가 냄새가 났어, 낌새가 있었다구. 아

버지는 그런 기질이 있었지. 아무튼 양심은 또 이렇게 말하지.

"랜슬롯, 꼼짝하지 마." 악마는 "움직여."라고 말하고, 양심은 "가

지 마!"라고 말한다니까. 그럼 나는 "양심아, 참 좋은 충고를 해

20 주는구나." 하고, "악마야, 너도 좋은 충고를 주는구나." 하고 말

하지. 내 양심을 따르면 나는 유대인 주인과 같이 있어야 해. 그

런데 하나님 맙소사! 그자는 악마 같은 사람인데. 그리고 이 유대인으로부터 도망치면 아이고 맙소사. 진짜 악마의 말을 따르는 셈이고. 그런데 이 유대인은 진짜 악마의 화신이지, 그러니 양심껏 말하자면 이 유대인과 같이 살라고 충고하는 내 양심은 잔인한 양심이야. 악마가 더 다정한 충고를 해주니 악마야, 도망가겠어, 내 발꿈치는 네 명령을 따라 도망가겠어. 30

25

광주리를 든 고보 노인 등장

고보 노인 이보시오, 젊은 양반, 유대인 나리 댁을 가려면 어디로 가야 하오?

랜슬롯 (방백) 맙소사! 진짜 날 낳아 준 아버지네. 반소경이 되어, 아니 거의 눈이 멀어서 날 못 알아보는군. 좀 헷갈리게 해 보자. 35

고보 노인 젊은 양반, 유대인 나리 댁으로 가는 길 좀 가르쳐 주겠소?

랜슬롯 다음 모퉁이에서 오른쪽으로 도시고, 그다음 모퉁이에서 왼쪽으로 돌고, 그다음 모퉁이에선 어느 쪽으로도 돌지 말고 그 40 냥 슬쩍 내려가면 유대인의 집이에요.

고보 노인 참 찾기 어렵겠소. 혹시 랜슬롯이란 사람이 그 유대인과 같이 살고 있는지 아닌지 말해 줄 수 있소?

랜슬롯 젊은 랜슬롯 양반 말씀이세요? (방백) 어디, 눈물 좀 흘리 45 게 해 줘야겠군. 젊은 랜슬롯 양반 말씀이냐구요?

고보 노인 "양반"은 아니고, 그저 가난한 자의 아들놈이라오. 내 말하지만, 그 애 아비는 정직하고, 지독하게 가난하지만 하나님 덕분에 잘 살고 있소이다.

랜슬롯 글쎄, 그 아비야 그렇다 치고, 젊은 랜슬롯 양반 이야기나 하시죠.

고보 노인 제발 그냥 랜슬롯이라고 하시오.

랜슬롯 그러니까 노인장, 그러니까 젊은 랜슬롯 양반 말씀이냐구요?

고보 노인 죄송하지만 그냥 랜슬롯 얘기요.

랜슬롯 그런고로 랜슬롯 양반의 아버지 얘기 그만두시고 랜슬롯 양반이 운명과 팔자에 따라, 좀 유식하게 말해 운명의 세 여신들의 뜻에 따라 사실 운명했으니, 좀 더 흔히 하는 말로 하늘나라로 갔습니다.

고보 노인 하나님 맙소사! 그 애는 이 늙은이가 기댈 지팡이요, 기둥이었소.

랜슬롯 (방백) 내가 무슨 몽둥이나 말뚝, 지팡이나 기둥처럼 보이나? ―아버지 절 알아보시겠어요?

고보 노인 아이고, 젊은 양반이 누구인지 모르겠소만, 제발 내 자식 놈이 ― 하나님 그놈의 영혼이 편히 잠들게 해 주소서 ― 살았는지 죽었는지 말해 주시오.

랜슬롯 아버지, 절 몰라보시겠어요?

고보 노인 애석하게도 난 반소경이라 댁이 누군지 모르겠소.

랜슬롯 아니, 눈이 보이셔도 못 알아봤을 거예요. 자기 자식을 알

아보는 건 똑똑한 아버지죠. 자, 노인장, 아들 소식을 전해 드릴
게요. (무릎을 꿇는다) 절 축복해 주세요. 진실은 드러나게 마련   75
이어서 살인은 오랫동안 감춰질 수 없고, 자식도 마찬가지여서,
결국 진실은 드러나게 마련이죠.

고보 노인   제발 일어나시오. 젊은이는 확실히 내 아들 랜슬롯이
아니요.

랜슬롯   자, 이제 장난 그만하시고 절 축복해 주세요. 저는 예전에   80
도, 지금도, 앞으로도 아버지의 자식 랜슬롯이에요.

고보 노인   그대는 내 아들이라 여겨지지 않소.

랜슬롯   그 말을 어찌 생각해야 할지 모르겠지만, 난 유대인의 하
인인 랜슬롯이고, 분명 노인장 부인인 마저리가 내 어머니예요.   85

고보 노인   내 마누라 이름이 마저리는 맞지. 네가 랜슬롯이라면
맹세코 넌 내 혈육이다. 하나님 감사합니다, 그런데 턱수염이 많
이 났구나! 내 짐마차를 끄는 말 도빈의 꼬리털보다 네 턱수염이   90
더 수북하구나.

랜슬롯   그렇다면 도빈의 꼬리털이 퇴보하나 보네요. 내가 마지막
봤을 때는 내 얼굴에 난 털보다 그놈 꼬리털이 더 수북했거든요.

고보 노인   너 참 많이 변했구나! 주인과는 어떻게 지내느냐? 그   95
나리에게 드릴 선물을 가져왔다. 그분과 사이가 어떠냐?

랜슬롯   그저 그래요. 그런데 내가 도망치기로 마음먹었으니 어느
정도 멀리 도망칠 때까지는 쉬지 않을 거예요. 우리 주인은 그야
말로 유대인이에요. 그런 사람한테 선물을 준다고요? 목매달 밧   100

줄이나 주세요! 그를 모시다 배곯아 죽겠어요. 손가락으로 만져 보면 내 갈비뼈가 다 만져질 거예요. 아무튼 아버지가 오셔서 기분이 좋네요. 아버지가 가져온 선물을 밧사니오 나리께 드리세요. 그 나리는 진짜로 훌륭한 새 옷을 하인에게 주거든요. 그 나리의 하인이 되지 못하면, 땅끝까지 도망칠 거예요. 어, 이게 웬 행운이야. 저기 그 나리가 오시네요! 아버지, 저분에게 인사하세요. 그놈의 유대인을 더 모시면 내가 유대인입니다.

밧사니오, 레오나도 및 한 두 사람의 시종들과 함께 등장

밧사니오   그리해라. 허나 다섯 시까지는 저녁 식사가 준비되도록 서둘러라. 이 편지들을 전하고, 새 옷을 맞추고, 그라쉬아노에게 곧장 우리 집으로 오라고 해라.   (하인 한 명 퇴장)
랜슬롯   아버지, 저 나리에게 인사하세요.
고보 노인   나리께 신의 가호가 있으시길!
밧사니오   고맙습니다만, 내게 무슨 볼일이라도 있소?
고보 노인   나리, 여기 이 불쌍한 녀석이 제 아들입니다만.
랜슬롯   나리, 불쌍한 녀석이 아니라, 부자 유대인의 하인입니다. 아버지가 자세히 말하시겠지만요.
고보 노인   아들 녀석은 소위 말해서 모시길 원망합니다.[13]

---

13 소망(affection)한다는 말을 하고자 했으나 병(infection)이란 단어와 혼동하여

랜슬롯   간단히 말씀드리자면, 저는 지금 유대인을 모시고 있는데 아버지가 자세히 말씀드리겠지만, 소망이 있습니다.

고보 노인   실례의 말씀이지만, 주인과 아들 녀석의 사이가 좋지 않아서요—

랜슬롯   간단히 말해서, 사실인즉 아버지가 나리께 더 말씀드리겠   125 지만, 그 유대인이 절 못살게 해서 말씀인데요.

고보 노인   나리께 드리려고 여기 비둘기 요리 한 접시 가져왔습니다. 제 청은—

랜슬롯   아주 간단히 말씀드리면 그 청은 저와 무관한[14] 것인데, 이   130 정직하신 노인분이, 이 가난한 노인분이 제 아버지거든요, 말씀드 릴 겁니다.

밧사니오   한 사람만 얘기하시오. 원하는 게 뭐요?

랜슬롯   나리를 모시고 싶습니다.   135

고보 노인   그게 바로 문제의 결점[15]입니다, 나리.

밧사니오   난 자네를 잘 알고 있고 자네 청을 들어주겠다.

네 주인인 샤일록이 오늘

자네를 추천하더군. 부자 유대인을 떠나

잘못 말한 것을 살리고자 의역하였다. 셰익스피어는 이렇게 무식한 등장인물이 단어를 잘못 선택하는 실수를 통해 종종 웃음을 유발한다. 이를 말의 오용 (malapropism)이라고 한다.

14 관련된(pertinent)이라고 말하려 한 것을 잘못 말해 무관한(impertinent)이라고 한 것이다.

15 요점(effect)이라고 말하려 한 것을 결점(defect)이라고 잘못 말한 것이다.

140 　　　가난한 귀족의 하인이 되는 게

　　　　좋은 일인지는 모르겠지만.

　랜슬롯　"하나님의 은총을 지닌 자는 부족함이 없다"는 옛 속담이

　　　제 주인인 샤일록과 나리에게 쪼개진 것 같습니다. 나리는 "하나

　　　님의 은총"을 가지셨고, 그 사람은 "부족함이 없으니까요."

145 　**밧사니오**　말 한번 잘하는구나. 아버님도 아드님과 함께 가시죠.

　　　옛 주인에게 작별 인사를 하고, 우리 집을 물어

　　　찾아오너라. (시종에게) 이자에게 다른 하인들보다

　　　화려하게 장식된 옷을 주어라, 당장.

　랜슬롯　아버지, 들어가시죠. 아니, 일자리 하나 못 구하겠어요. 머

150 　　릿속에 말이 떠올라야 말이죠. 그나저나 성경에 손을 올려놓고

　　　맹세하는 이탈리아의 그 누군가가 손금이 좋다 하더라도 내가 정

　　　말 행운을 누릴 거예요. 보세요. 이 생명선은 그저 그렇지만, 이

　　　잔잔한 선들이 처복인데, 이런, 시시하게 마누라가 열다섯이라니,

155 　　한 남자 몫으로 열한 명의 과부와 아홉 명의 처녀는 되어야지.

　　　그리고 세 번 익사할 위험에서 가까스로 벗어나고, 깃털 침대 모

　　　서리에 목숨을 잃을 운수도 있어요. 시시한 액땜인 셈이죠. 만약

　　　운명의 신이 여자라면, 이런 일에 딱 맞는 여자이죠. 자, 아버지,

160 　　오세요. 눈 깜짝할 사이에 유대인과 작별하고 올게요.

　　　　　　　　　　　　　　　　　　(랜슬롯과 고보 노인 퇴장)

　밧사니오　레오나도, 잊지 말고

　　　이것들을 사서 순서대로 잘 선적해 놓고

서둘러 돌아와라. 오늘 밤에 가장 친한

친지들에게 연회를 베풀 것이니. 서둘러라.

레오나도 최선을 다해 여기 적힌 대로 처리하겠습니다. 165

그라쉬아노 등장

그라쉬아노 자네 주인은 어디 계신가?

레오나도   저쪽에서 거닐고 계십니다.

                                     (퇴장)

그라쉬아노 밧사니오 경!

밧사니오 그라쉬아노!

그라쉬아노 부탁이 하나 있네.

밧사니오   말만 하게.

그라쉬아노 거절 말고 나도 벨몬트에 데려가 줘야겠네. 170

밧사니오 자네가 가야겠다면야. 그런데 좀 들어 보게.

자네는 너무 거칠고, 무례하고, 말이 직설적이야.

그런 점이 자네와 잘 어울리고

우리 눈에는 결점으로 보이지 않지만,

자네를 잘 모르는 곳에서는 그런 행동이 175

너무 자유분방하게 보일 걸세. 그러니 부디

자네의 그 거친 행동 때문에 내가 가는 곳에서

나도 오해를 받고 그로 인해 내 소망을 잃지 않도록

자네의 그 혈기 왕성함에 진중함이라는 찬물을 끼얹어
제발 좀 완화시켜 주게.

180 **그라쉬아노**   밧사니오 경, 내 말 들어 보게.
내가 점잖은 옷을 입고,
점잖게 말하고, 아주 가끔만 욕하고
호주머니에 기도서를 넣고 다니고, 진지한 표정을 짓고,
기도를 하는 동안, 두 눈을 이렇게 모자로 가리고,
185 한숨지으며 "아멘"이라 말하고,
할머니를 기쁘게 해드리려고 심각한 표정을 잘 짓는
사람처럼 온갖 예의범절을 지키지 않는다면
더 이상 나를 믿지 말게.

밧사니오 글쎄, 어디 두고 보세.

190 **그라쉬아노** 그러나 오늘 저녁은 예외네. 오늘 밤의 행동으로
날 판단하지는 말게.

밧사니오   그래, 그건 안 되지.
오히려 자네에게 가장 유쾌하게 행동해 달라고
부탁하겠네. 오늘 저녁엔 작정하고
즐기려 하니. 일단 지금은 헤어지세,
195 볼일이 좀 있어서.

그라쉬아노 그럼 난 로렌조와 다른 친구들한테 갔다가
저녁 식사 때 자네 집으로 가겠네.

제3장 베니스

제시카와 광대 랜슬롯 등장

제시카 이렇게 우리 아버지를 떠나니 섭섭하구나.

지옥 같은 우리 집에 유쾌한 악마인 네가 있어

덜 지루했는데.

하지만 잘 가. 그리고 이 돈 받아.

랜슬롯, 좀 있다 저녁 식사 때   5

네 새 주인의 손님인 로렌조 님을 보게 될 거야,

이 편지를 그에게 전해 줘, 몰래 말이야.

그럼 잘 가. 너하고 얘기하고 있는 걸 아버지에게

들키고 싶지 않아.

랜슬롯 안녕히 계세요. 눈물이 내가 하고 싶은 말을 대신하네요.   10

더없이 아름다운 이교도이자 더없이 상냥한 유대인 아가씨, 분명

기독교인이 못된 짓을 하여 아가씨를 데려갈 거예요. 안녕히 계

세요. 이 바보 같은 눈물에 사내다운 마음이 빠져 죽겠어요. 안녕

히 계세요!   (퇴장)

제시카 잘 가, 착한 랜슬롯.   15

아아, 내 아버지의 자식인 걸 부끄러워하다니

이 얼마나 끔찍한 죄악인가!

하지만 난 핏줄로는 아버지 딸이지만

그의 태도까지 물려받은 건 아냐. 아, 로렌조,

20 당신이 약속을 지켜 주면, 난 이 괴로움을 끝내고

기독교인이 되어 당신의 사랑하는 아내가 될 거예요. (퇴장)

제4장 베니스

그라쉬아노, 로렌조, 살레리오, 솔레이니오 등장

로렌조 아니, 저녁 식사 중에 슬쩍 빠져나와

우리 집에서 변장을 하고, 한 시간 내에

모두 돌아오기로 하세.

그라쉬아노 준비를 제대로 못 했는데.

5 **살레리오** 횃불잡이에 관해서는 아직 의논도 안 했잖아.

솔레이니오 그건 제대로 준비하지 않으면 볼썽사나운데.

내 생각엔 그럴 바엔 안 하는 게 나아.

로렌조 이제 네 시밖에 안 됐으니 준비할 시간이 두 시간이나 남

았네.

랜슬롯이 편지를 가지고 등장

이보게 랜슬롯, 무슨 일인가?

랜슬롯 이 편지를 뜯어보면 아실 겁니다. 10

로렌조 필체를 알아보겠군. 정말 아름다운 필체야.

이 편지를 쓴 아름다운 손은

이 편지지보다 더 희지.

그라쉬아노   분명 사랑의 소식이군!

랜슬롯 그럼 전 가 보겠습니다, 나리. 15

로렌조 어디로 가는가?

랜슬롯 제 옛 주인인 유대인에게 기독교도인 새 주인댁으로 저녁

먹으러 오라고 전하러 갑니다.

로렌조 자, 이거 받게. 다정한 제시카에게 내가 반드시

약속을 지킬 거라고 전해 주게. 몰래 말일세.   (랜슬롯 퇴장) 20

여보게들, 가세.

오늘 밤 가장무도회 준비를 해주게.

내가 횃불잡이를 구해 오겠네.

살레리오 그렇담 좋아, 당장 가서 준비하겠네.

솔레이니오 나도 그러겠네.

로렌조   좀 이따가 그라쉬아노의 집에서 25

나와 그라쉬아노와 만나세.

살레리오 그렇게 하세.   (살레리오와 솔레이니오 퇴장)

그라쉬아노 그거 이쁜 제시카가 보낸 편지 아닌가?

로렌조 자네한테 다 털어놓아야겠군. 내가 어떻게

자기를 아버지 집에서 데리고 나올 것이며, 30

자기가 어떤 금은보화를 챙겼는지,

또 어떤 시동의 옷을 마련해 놓았는지를 알려 왔네.

만약 그녀의 아버지인 저 유대인이 천당에 가면

그건 다 저 다정한 딸 덕분일 걸세.

35 그리고 이교도인 유대인의 딸이라는 이유 때문에

불행을 겪지만 않는다면

불행이 그녀의 앞길을 가로막지 못할 걸세.

자, 같이 가세. 가면서 이 편지를 잘 읽어 보게.

아름다운 제시카가 오늘 밤 나의 횃불잡이가 될 걸세.   (퇴장)

제5장 베니스

유대인 샤일록과 그의 하인이었던 광대 랜슬롯 등장

샤일록   그래, 네놈이 알게 되겠지. 늙은 샤일록과

밧사니오의 차이를 두 눈으로 똑똑히 보게 될 거야.

제시카! ─ 넌 우리 집에서처럼 배 터지게

먹지도 못할 거고 ─ 얘, 제시카야! ─

5   코 골며 잠자지도, 일부러 옷을 해지게도 못할 거야.

얘, 제시카!

랜슬롯   제시카 아가씨!

샤일록 누가 너더러 부르래? 언제 너더러 부르랬어?

랜슬롯 주인님이 전에 시키지 않으면 아무것도 못 한다고 하셨잖
아요.

제시카 등장

제시카 부르셨어요? 왜 부르셨어요?   10

샤일록 제시카, 나는 저녁 식사에 초대받아 간다.

옛다, 열쇠 꾸러미. 그런데 내가 왜 가야 하지?

호의가 있어 초대한 것이 아니고, 아첨하려고 초대한 건데.

그래도 증오심에 가서, 그 낭비벽이 심한

기독교도 놈의 것을 먹어 치워야지. 내 딸 제시카야,   15

집 잘 봐라. 어째 정말 내키지 않는구나.

간밤의 꿈에 돈 자루들이 보이더니

불길한 예감이 들어 마음이 편치 않다.

랜슬롯 그만 가시죠. 제 젊은 주인님이 나리의 비난16을 기다리고
있습니다.   20

샤일록 나도 마찬가지다.

랜슬롯 그리고 그 양반들이 함께 은밀한 계획을 세웠대요. 나리께
가장무도회를 보라고 말씀드리는 건 아니고요. 그렇지만 구경하신

---

16 접근(approach)이라고 말하려 했으나 질책(reproach)이라고 잘못 말하고 있다.

다면, 그게 볼 만한 가치가 없는 건 아닙니다요. 지난 부활절 암

25 흑의 월요일17 아침 여섯 시에 제 코피가 터진 것도 다 이유가

있죠. 그해 재의 수요일18에도 코피를 흘렸는데 오늘 오후면 꼭 4

년 됐네요.

샤일록 뭐, 가장무도회가 있다고? 제시카, 잘 들어라.

문들을 다 잠그고, 북소리와 목을 비틀며 불어 대는

30 시끄러운 나팔 소리가 들리거든

분칠한 얼굴을 한 기독교도 광대놈들을 보려고

창문에 올라가지도 말고

큰길에 얼굴을 내밀지도 말아라.

우리 집의 귀들을, 창문 말이다, 막아

35 천박한 광대 소리가 점잖은 우리 집에

들어오지 못하게 해라. 야곱의 지팡이에 걸고

오늘 저녁 연회에는 정말 가고 싶지 않구나.

하지만 가야지. 이놈아, 먼저 가서

내가 간다고 전해라.

랜슬롯 그럼 먼저 가겠습니다.

---

17 검은 월요일(Black Monday) : 부활절 다음 날을 가리킨다. 기독교 세계에서 부활절 다음 날부터 세속적인 축제가 시작된다. 이 표현은 1360년의 부활절 다음 날이었던 월요일에 날씨가 너무 춥고 서리와 우박이 내려 많은 사람들이 얼어 죽은 데서 유래되었다.

18 재의 수요일(Ash Wednesday) : 사순절 40일 전이다. 이날 사람들은 재를 이마에 바르고 죄를 고백하며, 이날부터 그리스도의 고난에 대해 40일간 묵상한다.

(제시카에게 방백) 아가씨, 그래도 창밖을 내다보세요.   40

  기독교인이 지나갈 거예요.

  유대인의 눈에 가치 있을 거예요.   (퇴장)

샤일록   하갈19의 자식 같은 저 바보 녀석이 무슨 소릴 하는 게

  냐, 응?

제시카   "안녕히 계세요, 아가씨"라고만 말했어요.

샤일록   저 광대 녀석은 착하긴 한데, 너무 많이 먹어.   45

  일을 배우는 데는 달팽이처럼 느리고, 낮에도 들고양이보다

  더 잠을 자지. 수벌20이 내 벌집에서 살게 놔둘 순 없어.

  그래서 놈을 떠나보내되, 빌려 간 돈을 펑펑 쓰는

  그 작자의 돈 주머니를 축내도록 놈을

  그리로 보내 버려야지. 자, 제시카, 들어가거라.   50

  난 아마 곧 돌아올 거다.

  아비가 시킨 대로 문들을 잘 걸어 잠거라.

  단속을 잘해야, 곡간이 찬다21 —

  이건 절약하는 사람에겐 절대 녹슬지 않는 속담이지.   (퇴장)

제시카   다녀오세요. —내 운이 방해받지 않는다면   55

  나는 아버지를, 아버지는 딸을 잃게 될 거예요.   (퇴장)

---

19 하갈 : 아브라함의 아내 사라가 늙도록 임신을 못 하자 자신의 종 하갈을 남편
  과 동침하게 하여 이쉬마엘을 출산하게 한다. 그러나 나중에 사라가 임신하여 이
  삭을 낳게 되자 상속권을 염려한 사라 때문에 하갈과 이쉬마엘은 추방당한다.
20 수벌 : 일은 하지 않고 여왕벌을 임신시키는 일만 하는 벌들이다.
21 "Fast bind, fast find."의 의역

제6장 베니스

가장무도회 일행과 그라쉬아노, 살레리오 등장

그라쉬아노   이게 바로 로렌조가 우리더러 서 있으라고 만한 현관
이군.

살레리오   약속 시간이 지났는데.

그라쉬아노   그가 약속 시간에 늦다니 놀랍군.
연인들은 항상 제시간보다 일찍 나타나는데.

5   **살레리오**   비너스 여신의 마차를 끄는 비둘기들은
맺은 언약을 깨뜨리지 않고 지키는 일보다는
새로운 사랑의 약속을 맺어 주는 일에 열 배나 빨리 날거든!

그라쉬아노   그건 변함없는 진리지. 잔치 자리에서 일어설 때
앉을 때처럼 식욕이 강한 사람이 어디 있겠나?

10   처음 달렸던 지루한 길을 똑같은 열기로
다시 달려 되돌아오는 말이 어디 있겠나?
세상에 존재하는 모든 것은 차지했을 때보다 쫓을 때
더욱 신이 나는 법이지.
변덕스런 바람의 애무를 받으며

15   출항하는 배는 젊은이나 탕아처럼 돛을 휘날리며
얼마나 신바람이 나 고향 항구를 떠나는가!
그러나 돌아올 때는 돌아온 탕아처럼

목재는 비바람에 닳고, 돛은 해진 채

변덕스런 바람에 야위고, 찢기고, 누더기가 되어 돌아오지 않는가!

로렌조 등장

살레리오 저기 로렌조가 오는군. 이 이야기는 나중에 더 하세. 20

로렌조 고마운 친구들, 일이 좀 있어서 늦었네만

이렇게 오래 참고 기다려 준 보답으로

자네들이 아내를 도둑질할 때

나도 자네들을 위해 오래 망을 봐 주겠네. 이리들 와보게.

이곳이 내 장인인 유대인의 집이네. 이봐요! 안에 누구 없어요? 25

제시카가 소년 복장을 하고 위층에 등장

제시카 누구세요? 당신 목소리는 분명 알지만,

더 확실히 하기 위해서 누구신지 말하세요.

로렌조 당신의 사랑 로렌조요.

제시카 확실히 내 사랑 로렌조 님이네요,

내가 누구를 그렇게 사랑하겠어요? 그리고 내가 30

당신의 연인이라는 걸 로렌조 님 말고 누가 알겠어요?

로렌조 하늘과 당신 생각이 당신이 내 연인임을 증명하지요.

제시카 이 함 받으세요. 고생할 가치가 있는 거예요.

밤이어서 다행이에요, 내 모습을 보지 못하시니.

35 　내 변장한 모습이 너무 부끄럽거든요.

　　그러나 사랑은 맹목적이어서 사랑하는 사람들은

　　자신들이 저지르는 어리석은 행동들을 보지 못하지요.

　　만약 그게 보인다면, 큐피드조차 소년으로 변장한

　　제 모습을 보고 얼굴을 붉힐 거예요.

40 **로렌조** 　내려와요. 당신이 우리 횃불잡이가 되어야겠으니.

　제시카 　아니, 이런 부끄러운 모습을 하고 촛불을 들어야 한다구요?

　　내 부끄러운 모습은 그냥도 너무 밝게 드러나 보여요.

　　내 사랑, 횃불잡이의 의무는 드러내 보이는 것이지만,

　　저는 남의 눈을 피해야 해요.

　로렌조 　　　　　　　　　소년 차림을 하고도

45 　당신은 그렇게 아름답군요.

　　그렇지만 어서 내려와요.

　　은밀한 밤 시간이 도망치고 있고,

　　밧사니오의 연회에서 사람들이 기다리고 있어요.

　제시카 　문들을 잠그고 돈을 좀 더 챙겨서

50 　바로 갈게요. 　　　　　　　　　　(제시카 위층에서 퇴장)

　그라쉬아노 　정말 유대인답지 않게 다정하군!

　로렌조 　내가 그녀를 진심으로 사랑하지 않으면 천벌을 내리게.

　　내 판단이 맞다면, 그녀는 똑똑하고,

　　내 눈이 제대로 본 거라면, 그녀는 아름답고,

그녀 스스로 증명해 보였듯이, 그녀는 진실하지.

그런 그녀를 나도 현명하고, 아름답고, 진실하게

내 변치 않는 영혼 속에 간직할 것이네.

제시카 등장

아, 내려왔어요? 이보게들, 가세.

지금쯤 가장무도회 일행들이 우릴 기다리고 있을 걸세.

(제시카, 살레리오와 함께 퇴장. 그라쉬아노가 막 그들 뒤를 따르

려 한다.)

앤토니오 등장

앤토니오 거기 누구요?

그라쉬아노 앤토니오?

앤토니오 이런, 그라쉬아노, 다른 사람들은 다들 어디 있나?

벌써 아홉 시고, 친구들이 다 자네들을 기다리고 있네.

오늘 밤 가장무도회는 없네. 풍향이 바뀌어서

밧사니오가 곧 출항할 걸세.

자네를 찾느라고 많은 사람들을 내보냈네.

그라쉬아노 그거 반가운 소식이군. 오늘 밤에 배를 타고 떠난다니

이보다 더 반가운 일이 있겠나.   (퇴장)

제7장 벨몬트

포샤가 모로코 군주와 각자의 시종들을 거느리고 등장

포샤 가서, 커튼을 열어, 고귀하신 군주님께

함들을 보여 드려라.

이제 선택하십시오.

모로코 군주 첫 번째 금함에는 이런 문구가 새겨 있구나.

5 "나를 택하는 자는 많은 이들이 바라는 것을 얻게 되리라."

두 번째 은함에는 이런 약속이 새겨져 있구나.

"나를 택하는 자는 자신이 가질 만한 것을 갖게 되리라."

세 번째 칙칙한 납함에는 아주 퉁명스런 경고가 새겨져 있구나.

"나를 택하는 자는 자신이 가진 모든 걸 걸고 모험해야 하리라."

10 내가 바른 함을 선택했다는 걸 어떻게 알 수 있소?

포샤 이 함들 중 하나에 제 초상화가 들어 있습니다.

그걸 선택하시면, 저는 군주님의 아내가 됩니다.

모로코 군주 신들이시여, 저의 판단을 인도하소서! 어디 보자.

글귀들을 다시 한 번 훑어 봐야겠다.

15 이 납함에는 뭐라고 쓰였더라?

"나를 택하는 자는 자신이 가진 모든 걸 걸고 모험해야 하리라."

건다고? 무엇을 위해? 납을 위해? 납을 위해 모험을 한다!

이 함이 협박을 하고 있군. 모든 걸 걸고 모험하는 사람은 멋진 이득을 바라고 그렇게 하지.

황금 같은 마음은 납 찌꺼기 따위에 마음을 기울이지 않는 법.　　　20

그러니 난 납 따위를 위해선 아무것도 걸지 않고 모험도 않겠어.

순백의 색조를 지닌 은함에는 무어라고 쓰였나?

"나를 택하는 자는 자신이 가질 만한 것을 갖게 되리라."

자신이 가질 만한 것이라, 모로코 군주여, 이건 좀 생각해 봐야겠

구나.

공정한 손으로 그대의 가치를 재어 봐라 ―　　　25

그대의 가치를 스스로 평가해 볼 때

그대는 충분히 가치 있는 사람이지. 그러나

이 여인을 차지할 만큼 가치 있는 건지는 모르지.

그러나 내 가치를 걱정하는 것은

내 자신을 너무 과소평가하는 것일 뿐이야.　　　30

내가 가질 만한 것. 그건 바로 저 여인이지.

나는 타고난 신분으로 보나, 재산으로 보나,

성품으로 보나, 교양으로 보나 그녀를 차지할 만하지.

그러나 무엇보다 사랑하는 마음에 있어서 그녀를 차지할 만하지.

더 망설이지 말고 이걸 선택할까?　　　35

금함에 새겨진 글귀를 한 번만 더 보자.

"나를 택하는 자는 많은 이들이 바라는 것을 얻게 되리라."

그거야말로 바로 저 여인이지. 온 세상이 그녀를 바라지.

세상 방방곡곡에서 이 신전, 이 살아 숨 쉬는 성녀에게

입 맞추기 위해 몰려들 와서

히르카니아22의 사막과 드넓은 아라비아의 광활한 황야가

이제는 아름다운 포샤를 보러 오는 군주들 때문에

대로로 변했지.

야심 찬 파도가 하늘까지 치솟는

바다 왕국도 외국에서 몰려오는 용감한 구혼자들을

막지 못하여 그들은 마치 개울을 건너듯

아름다운 포샤를 보기 위해 몰려오지.

이 세 함 중 하나에 천사 같은 그녀의 초상화가 들어 있다.

납함에 그녀의 초상화가 들어 있겠는가? 그런 천한 생각을

하는 것은 저주받을 일이지. 그건 컴컴한 무덤 속에서

그녀의 수의를 싸기에도 너무 거칠지.

아니면 제련한 금보다 십분의 일의 가치밖에 없는

은함에 그녀가 들어 있다고 생각할 것인가?

아, 죄스런 생각이다! 그처럼 귀한 보석이

금보다 못한 것에 담겨진 적이 없지.

영국에는 금에 천사의 모습이 새겨진

금화가 있지. 그러나 그건 새겨진 것에 불과하지,

헌데 이건 황금 침대에 천사가

누워 있는 것 아닌가. 열쇠를 주시오.

---

22 히르카니아 : 현재 이란의 카스피 해 남쪽에 위치했던 고대 왕국

이걸 고르겠소, 부디 성공하길.   60

포샤 군주님, 여기 있습니다. 만약 제 초상화가 그 속에 있으면

저는 군주님 것입니다.   (모로코 군주가 금함을 연다.)

모로코 군주   세상에! 이게 뭐야?

해골바가지라니. 그 움푹 팬 눈 속에

글씨가 적힌 두루마리가 꽂혀 있군. 어디 읽어 보자.

반짝이는 것이 다 금은 아니다.   65

그대는 이 말을 자주 들었으리라.

많은 사람들이 목숨을 팔았노라.

내 겉모습만 보고서.

금으로 도금한 무덤엔 구더기가 우글거리노라.

그대가 대담한 만큼 현명했더라면,   70

사지 육신은 젊지만 판단력이 성숙했더라면,

이 두루마리의 답을 얻지는 않았으리라.

잘 가거라. 그대의 청혼 열정은 차갑게 식었노라.

정말 열정은 사라지고, 수고는 헛되구나.

그렇다면 열정은 가고, 찬 서리여 오너라.   75

포샤, 안녕히 계시오. 너무 슬퍼서

작별 인사를 길게 하지 못하겠소. 이렇게 패자는 떠나오.

                    (시종들과 함께 모로코 군주 퇴장)

포샤 쉽게 제거했군! 커튼을 치고, 가자.

저런 피부색을 한 사람들은 모두 그렇게 골라 줘라!　　　(퇴장)

제8장 베니스

살레리오와 솔레이니오 등장

살레리오 이봐, 밧사니오가 출항하는 걸 보았는데

그라쉬아노도 같이 가더군.

그런데 분명 그 배에 로렌조는 없었어.

솔레이니오 그 못된 유대인 놈이 소리 질러 공작님을 깨워서

5　　공작님이 그자와 같이 밧사니오의 배를 수색하러 갔지.

살레리오 그러나 너무 늦었지. 배는 이미 출항했거든.

하지만 거기서 공작님은 로렌조와 그의 애인 제시카가

곤돌라에 타고 있는 것을 보았다는 얘기를 전해 들었어.

앤토니오도 공작님께 그들은 밧사니오의

10　　배에 타지 않았다고 증언했지.

솔레이니오 그 개 같은 유대인 놈이 길에서 소리 지르는 걸 들었

는데

내 여태까지 그토록 정신없이 이상하게 날뛰는

소리를 들어 본 적이 없네.

“내 딸! 오, 내 돈! 오, 내 딸년이!   15

기독교도와 도망을 갔다! 아, 예수쟁이들한테서 번 내 돈!

정의를, 법을, 내 돈, 내 딸년!

묶어 놓은 돈 자루, 묶어 놓은 두 개의 금화 자루!

금화 자루들을 딸년이 훔쳐 갔다!

보석들, 보석 두 개를, 귀하고 값나가는 보석 두 개를   20

딸년이 훔쳐 갔어! 정의를! 그년을 찾아라,

내 딸년이 보석과 금화를 가지고 갔다!”

살레리오 베니스의 꼬마 녀석들이 모두 그자 뒤를 따라가며,

내 보석, 내 딸, 내 금화라고 따라 외치고 있었네.

솔레이니오 앤토니오더러 날짜를 꼭 지키라고 해야지   25

안 그러면 톡톡히 당할 걸세.

살레리오   그 말 들으니 생각났는데

어제 어떤 프랑스 사람과 얘기를 나눴는데,

그 사람이 프랑스와 영국을 가르는 좁은 해협에서

화물을 가득 실은 우리나라 배 한 척이

침몰했다고 하더군.   30

그 말을 듣는데 앤토니오가 퍼뜩 떠올라

그게 앤토니오의 배가 아니기를 속으로 빌었네.

솔레이니오 자네가 들은 얘길 앤토니오에게 말해 주는 게 좋겠네.

그러나 상심할지 모르니 불쑥 전하지는 말게.

살레리오 앤토니오보다 다정한 사람은 이 세상에 없을 걸세.   35

밧사니오와 앤토니오가 헤어지는 걸 봤는데,

밧사니오가 서둘러 돌아오겠다고 말하니까,

앤토니오가 이렇게 대답하더군. "그러지 말게.

나 때문에 일을 엉망으로 하지 말게, 밧사니오.

40 　일이 성사될 때까지 충분히 있다가 오게.

내가 유대인에게 써준 차용 증서는 생각하지 말고

구애나 잘 하게.

즐거운 마음으로 구애와

그곳에서 자네에게 적절하게 어울리는

45 　사랑의 표현에만 정신을 쏟게."

그 말을 하고는 두 눈에 눈물이 가득한 채

얼굴을 돌리고, 등 뒤로 손을 내밀어서

아주 애정 어린 손길로

밧사니오의 손을 꽉 잡고는 작별을 했다네.

50 　**솔레이니오** 　앤토니오는 오직 밧사니오 때문에 이 세상을

좋아하는 거 같네. 우리 가서 그를 찾아

이런저런 재미있는 일로

그의 무거운 마음을 좀 달래 주세.

　살레리오 　　　　　　　그렇게 하세. 　　　　(퇴장)

제9장 벨몬트

네리사와 하인 한 명 등장

네리사 어서 서둘러 커튼을 열어라.
　애러곤의 영주님이 서약을 마치고
　곧 함을 고르러 오실 테니.

　　나팔 소리. 애러곤의 영주, 그의 시종, 포샤 등장

포샤 고결하신 영주님, 보십시오, 저기 함들이 있습니다.
　제 초상화가 들어 있는 함을 선택하시면,　　　　　　　　5
　곧장 우리들의 결혼식을 올리게 될 것입니다.
　그러나 만약 실패하시면, 아무 말씀 마시고
　곧장 이곳을 떠나셔야 합니다.
애러곤 영주 나는 기꺼이 세 가지를 지키겠다고 맹세했소.
　첫째 내가 어떤 함을 선택했는지 아무에게도　　　　　10
　말하지 말 것, 둘째 만약
　올바른 함을 고르지 못하면
　평생 어떤 여자에게도 구혼하지 않을 것,
　마지막으로는
　만약 함 고르기에 실패하면　　　　　　　　　　　15

당장 당신 곁을 떠나 돌아갈 것.

포샤 보잘것없는 저를 위해 모험을 하러 오는 모든 분들이
그런 명령을 지킨다는 맹세를 합니다.

애러곤 영주 나도 그럴 각오가 되어 있소. 이제 내 마음의
소망에 행운이 있기를! 금함, 은함, 그리고 천한 납함이라.
"나를 택하는 자는 자신이 가진 모든 걸 걸고 모험해야 하리라."
내가 모든 걸 걸고 모험을 하게 하려면 좀 더 근사해 보였어
야지.
금함에는 뭐라고 쓰여 있나? 자, 어디 보자.
"나를 택하는 자는 많은 이들이 바라는 것을 얻게 되리라."
많은 사람들이 원하는 것이라. 그 "많은"이란 겉만 보고
선택하는 어리석은 다수를 뜻하겠지.
그들은 내면을 꿰뚫어 보지 못하고, 어리석은 눈이 보여 주는
것밖에 모르는 자들이지. 비바람 몰아치고
심지어 위험이 닥칠 수 있는 길 한복판의 외벽에다가
집을 짓는 제비 같은 자들이지.
나는 많은 사람들이 원하는 걸 택하지 않겠다.
보통 사람들과 생각을 같이하여 야만스런 다수와 같은
부류의 사람이 되고 싶지 않으니.
그렇다면 너 은함에게 가마.
어떤 글귀를 갖고 있는지 다시 한 번 보여 다오.
"나를 택하는 자는 자신이 가질 만한 것을 갖게 되리라."

글귀도 좋구나. 어느 누가

운명의 여신을 속여 미덕의 각인 없이

영예를 누릴 수 있겠는가? 그 누구도

분에 넘치는 권위를 탐하지 말길.   40

만약 신분과 계급과 관직이 부정한 방법으로

획득되지 않고, 깨끗한 영예는 그걸 차지한 사람의

미덕에 의해서만 얻게 된다면

모자를 벗고 서 있는 얼마나 많은 하인들이 주인이 되고

명령을 내리는 얼마나 많은 사람들이 명령을 받게 될 것이며   45

명문가의 씨앗에서 얼마나 많은 비천한 농사꾼이 생겨날

것이며, 이 시대의 왕겨와 폐허에서

골라낸 얼마나 많은 명예로운 사람들이

새로이 빛날 것인가! 자, 아무튼 이제 선택을 하자.

"나를 택하는 자는 자신이 가질 만한 것을 갖게 되리라."   50

난 내게 합당한 것을 택하겠다. 이 함의 열쇠를 주시오,

지금 당장 이 안에 든 내 행운을 열어 보겠소.

(애러곤의 영주가 은함을 연다)

포샤   그토록 오랫동안 생각하셔서 겨우 그걸 찾으셨군요.

애러곤 영주   이게 뭐야? 눈을 껌벅이며 두루마리 글을 내밀고 있는

멍청이의 초상화 아닌가! 어디 읽어 보자.   55

네 모습은 포샤와 너무도 다르구나!

내 희망과 가치와도 너무 다르고!

"나를 택하는 자는 자신이 가질 만한 것을 갖게 되리라!"

그래, 내 가치가 바보의 머리통밖에는 안 된단 말인가?

이게 내가 받을 상인가? 내 가치가 이것밖에 안 된단 말인가?

포샤 죄를 짓는 것과 판결하는 것은 별개의 일이고,

싱격도 싱반되는 것이지요.

애러곤 영주　　　　　뭐라고 쓰여 있나?

이 은함은 불에 일곱 번 달궈졌다.

그대 판단도 일곱 번 달궈졌다면

잘못 선택하지 않았으리.

그림자에 입을 맞추는 자들은

그림자 같은 축복만 누리리.

은으로 덮여 있는 살아 있는 바보들이

있는데, 이자도 마찬가지.

어떤 아내를 침실로 데려가든

내가 영원히 그대 머리 되리.

그대 볼일 끝났으니 속히 떠나라.

여기서 꾸물거릴수록

더욱 바보처럼 보이겠구나.

어리석은 머리 하나를 가지고 청혼하러 왔다가

바보 머리 두 개를 가지고 떠나는구나.

아가씨, 안녕히 계시오. 맹세는 지키겠소,

격분을 말없이 견디며.   (애러곤의 영주, 시종들과 함께 퇴장)

포샤 이리하여 촛불에 뛰어든 나방이 타죽었구나.

아, 생각만 많은 바보들 같으니! 나름 머리를   80

굴려 보지만 잘못된 선택만 하는구나.

네리사 옛말이 틀리지 않네요.

"교수형 당하는 것과 마누라 얻는 것은 팔자소관"이라더니.

포샤 커튼을 쳐라, 네리사.

전령 등장

전령 주인아씨는 어디 계십니까?

포샤   여기 있다, 무슨 일이냐?   85

전령 아씨, 대문 앞에 젊은 베니스 사람이 왔는데

자기 주인이 곧 도착한다고 알리기 위해서

앞서 온 사람인데 자기 주인의 인사치레들도

가지고 왔습니다. 다시 말해

주인의 찬사와 정중한 인사 말씀에다가   90

값진 선물들도 가지고 왔습니다. 지금껏

그처럼 근사한 사랑의 전달자를 본 적이 없습니다.

찬란한 여름이 다가옴을 알려 주는 사월의 어느 봄날도

자기 주인보다 먼저 말을 달려온

95 이 전령만큼 멋지지는 않을 것입니다.

포샤 제발 그만해라. 곧 그자가 그대의

친척이라고 말할까 두렵다.

그를 칭찬하는데 교회 축일에나 쓸 만한 말들을 하다니.

어서 가자, 네리사, 그처럼 멋지게 온

100 발 빠른 큐피드의 전령을 만나 보고 싶구나.

네리사 사랑의 신이여, 그분이 제발 밧사니오 나리였으면! (퇴장)

제3막

헨리 피터스 그레이, 〈포샤와 밧사니오〉, 1865, 뉴욕, 뉴욕 역사 협회

제1장 베니스

솔레이니오와 살레리오 등장

솔레이니오 리알토23에선 무슨 새로운 소식 있는가?

살레리오 화물을 잔뜩 실은 앤토니오의 배 한 척이 좁은 해협24에
　서 난파당했다는 소문이 파다하다네. 굿윈즈25라는 곳이라고 했던
　것 같은데, 아주 위험하고 치명적인 여울이어서 많은 거선들의
　잔해가 그곳에 묻혀 있다고들 하더군. 소문이라는 할망구가 헛소
　리한 게 아니라면 말일세.

솔레이니오 그 할망구가 항상 생강을 씹는다거나, 세 번째 남편이
　죽어서 운다고 이웃들이 믿게 만들던 그런 소문처럼 헛소리를 한

---

23 리알토 : 베니스의 상업 중심 구역
24 좁은 해협 : 영국과 대륙 사이의 해협을 말한다.
25 굿윈즈 : 영국 도버 해협에 있는 영국 수로로, 넓은 모래톱으로 인해 선박이 난
　파되는 사고가 많은 곳이다. 1298년에 2,000척 이상의 배들이 난파했다는 기록
　이 남아 있다.

것이면 오죽 좋겠는가. 그러나 장황하게 비껴 말하지 않고 단도

직입적으로 잘라 말해, 그건 틀림없는 사실로, 착한 앤토니오가,

정직한 앤토니오가 ― 아, 그의 이름에 걸맞은 수식어를 찾을 수

있다면 좋으련만! ―

15 **산레리오** 어서, 마저 말해 버게.

솔레이니오 아니, 뭐라구? 결론은 그가 배를 잃었다는 거지 뭐겠나.

살레리오 그것으로 그의 손실이 끝났으면 좋겠네.

솔라니오 얼른 "아멘" 해야지. 유대인의 모습을 하고 저놈이 오고

20 있으니, 저 악마가 내 기도를 가로막지 못하게 말이야.

샤일록 등장

이보게, 샤일록, 상인들 사이에 무슨 새로운 소식 있는가?

샤일록 내 딸이 도망친 걸 당신이 누구보다도 잘 알고 있잖소.

살레리오 그건 그렇지. 난 당신 딸이 달고 도망간 날개를 만들어

25 준 재단사를 알고 있지.

솔레이니오 그리고 샤일록 당신은 그 새가 깃털이 났고, 깃털이

나면 어미를 떠나는 것이 새의 본성이라는 걸 알 테고.

샤일록 그년은 저주를 받을 거요.

30 **살레리오** 분명 그렇겠지, 악마가 그녀를 심판한다면 말이야.

샤일록 내 피와 살이 달아나다니!

솔레이니오 이 늙어 빠진 인간아, 집어치워! 그 나이에 피와 살이

달아오르다니?26

샤일록 아니 내 딸이 내 피와 살이라구요.

살레리오 자네 살과 자네 딸의 살은 검은 옥과 흰 상아보다 더 차
이가 나고, 자네 피와 자네 딸의 피는 적포도주와 라인 산 백포도   35
주보다 더 차이가 나지. 그런데, 앤토니오가 바다에서 손해를 입
었다거나 하는 소문 못 들었는가?

샤일록 그것 또한 못지않게 나쁜 소식이죠. 리알토에 감히 얼굴도
못 내미는 파산한 탕자, 의기양양해서 거래소에 드나들던 거지   40
같은 인간. 그자더러 차용 증서에 신경 쓰라고 하시오. 기독교인
의 사랑으로27 돈을 빌려 주곤 했겠다, 그러니 그더러 차용 증서
에 신경 쓰라 하시오.

살레리오 설마 그가 약속을 못 지킨다 해도 그의 살점을 떼지는   45
않겠지. 그래 봤자 뭐하겠나?

샤일록 그걸로 물고기를 낚지요. 아무 소용이 없다 하더라도 내
복수심은 채워 주겠죠. 그자는 날 모욕했고, 오십만 두카트나 되
는 내 벌이를 방해했고, 내가 손해를 보면 기뻐 웃었고, 내가 돈   50
을 벌면 조롱하고, 내 민족을 경멸하고, 내 사업을 방해하고, 내

---

26 피와 살(flesh and blood)은 혈육이란 뜻이다. 그러니 샤일록이 한 전체 대사
"My own flesh and blood to rebel!"이란 "내 혈육이 배반하다니!"라는 뜻이다.
그런데 솔레이니오는 이것을 약간 성적으로 해석하여 "그 나이에도 피와 살이 배
반을 하다니!"라고 받아친다. 이런 말장난을 살리고자 "달아나다니!"와 "달아오르
다니"라고 의역했다.
27 기독교인의 사랑으로 : '이자 없이 공짜로 빌려 주다.'는 뜻이다.

친구 사이를 이간질하고, 내 적들을 부추겼소. 왜 그랬을까요? 내가 유대인이기 때문이죠. 유대인은 눈이 없나요? 유대인은 손과 장기와 육신과 감각과 감정과 격정이 없나요? 기독교인들과 똑같은 음식을 먹고, 똑같은 무기로 상처 입고, 같은 질병에 걸리고, 같은 방식으로 치료되고, 기독교인과 똑같이 어름이면 덥고 겨울이면 춥지 않습니까? 당신들이 우리를 찌르면, 우린 피가 안 납니까? 간지럼 태우면 우린 안 웃습니까? 독약을 먹이면, 우린 안 죽습니까? 그리고 당신들이 우리에게 잘못을 하면, 우리들은 복수하면 안 됩니까? 나머지 것들에서 당신들과 같다면, 그 점에서도 같아야지요. 유대인이 기독교인에게 잘못을 하면, 겸손하다는 기독교인들은 어떻게 하나요? 복수하죠. 기독교인이 유대인에게 잘못하면, 아무리 참을성 있는 유대인이라도 기독교인의 본보기를 따라 어떻게 해야 할까요? 그야, 복수해야죠! 당신들이 나에게 가르쳐 준 악행을 나도 할 거고, 어렵더라도 당신들의 가르침을 능가할 거요.

앤토니오가 보낸 하인 등장

하인 나리들, 앤토니오 나리가 집에서 두 분과 말씀 나누고 싶어 하십니다.

살레리오 우리도 자네 주인을 이리저리 찾아다녔네.

투발 등장

솔레이니오 여기 또 다른 유대인이 오는군. 악마가 직접 유대인 ⁷⁰으로 둔갑하지 않는 한, 이 두 사람과 비길 만한 유대인은 없을 걸세.   (살레리오와 솔레이니오가 하인과 함께 퇴장)

샤일록 어찌 됐는가, 투발! 제노바에서 무슨 소식 있나? 내 딸을 찾았는가?

투발 소문에 자네 딸이 있다고 하는 곳에 가 봤지만 찾지 못했네. ⁷⁵

샤일록 아니 저런, 저런, 저런, 저런! 그 다이아몬드를 프랑크포트에서 이천 두카트나 주고 샀네! 지금까지 우리 민족이 저주받은 민족이라고 느껴 본 적이 없었네, 지금까지 그렇게 느낄 일이 없었지. 그 다이아몬드만 해도 이천 두카트에다 다른 귀하디귀한 보석까지! 내 딸년이 귀에 그 보석들을 걸고 내 발치에 죽어 있 ⁸⁰으면 좋겠네. 훔친 돈이 관속에 담겨 있다면 내 발치 채에서 죽어 있어도 좋아! 그들 소식을 모른다고? 어째서! ─찾느라고 얼마나 돈을 썼는데. 이래저래 손해가 막심하군, 거금을 도둑맞고, 그 도둑을 찾느라고 또 거금을 쓰고! 그런데도 만족도 못 하고, 복수 ⁸⁵도 못 하고. 온갖 불행이란 불행은 다 내 어깨에 떨어지고, 한숨이란 한숨은 다 내가 쉬고, 세상 눈물은 다 내가 흘리는구나!

투발 아니, 다른 사람들도 불행을 겪고 있어. 내가 제노바에서 들은 바에 의하면 앤토니오도 ─ ⁹⁰

샤일록 뭐, 뭔데, 뭐야? 불행, 어떤 불행?

투발   트리폴리에서 돌아오던 상선이 조난당했다더군.

샤일록   하나님 감사드립니다. 정말 감사합니다. 그게 사실인가, 사실이냐고?

95   **투발**   조난에서 겨우 살아 나온 선원 몇 사람과 얘기를 나눴네.

샤일록   투발, 고맙네. 좋은 소식이군, 좋은 소식이야! 하하, 제노바에서 들었다고!

투발   자네 딸이 제노바에서 하룻밤에 팔십 두카트를 썼다는 소리를 들었네.

100   **샤일록**   자네가 지금 내게 비수를 꽂는군. 난 다시는 내 금화들을 못 볼 거야. 한 자리에서 팔십 두카트라니! 팔십 두카트!

투발   앤토니오에게 돈을 빌려 준 채권자들 여럿과 베니스로 왔는

105   데, 그들은 앤토니오가 파산할 수밖에 없을 거라고 단언하더군.

샤일록   그거 정말 반가운 소리군. 내 그놈을 달달 볶을 거야. 정말 반가운 소식이군.

투발   그들 중 한 사람이 자네 딸에게서 원숭이하고 바꾼 반지를 보여 주더군.

110   **샤일록**   망할 년! 투발 자네는 날 괴롭게 하는군. 그 반지는 총각 때 아내 리아에게서 받은 터키석이야. 원숭이 농장하고도 바꾸지 않았을 것이네.

투발   하지만 앤토니오는 분명히 파산했네.

115   **샤일록**   그럼, 그건 사실이지. 사실이고말고. 자네 가서 관리 한 사람 매수해서, 그에게 2주 전에 준비하라고 하게. 앤토니오가 위약

하면 난 그의 심장을 떼어 내겠네. 그를 베니스에서 없애 버리면,

내 마음대로 장사를 할 수 있을 테니. 갔다가 이따 회당에서 만

나세. 가보게 투발. 회당에서 보세.   (퇴장)   120

제2장 벨몬트

밧사니오, 포샤, 그라쉬아노, 네리사가 시종들과 함께 등장

포샤 함 고르기를 하기 전에

잠시 참으세요. 하루 이틀 좀 쉬세요.

잘못 선택하시면 떠나셔야 하니,

사랑은 아니지만 왠지 당신을 잃고 싶지

않네요. 아시다시피   5

미워하면 이런 식의 충고는 하지 않아요.

그러나 당신이 제 맘을 이해하지 못하실까 걱정되지만 ─

여자는 생각을 다 말할 수 없으니까요 ─

저를 차지하기 위한 모험을 하시기 전에

이곳에 한두 달 잡아 두고 싶어요.   10

올바른 선택법을 알려 드릴 수 있지만, 그러면 맹세를 깨게 되니

절대 그럴 수는 없어요. ─그러니 저를 잃을 수도 있어요. ─

그렇게 되면, 차라리 맹세를 저버릴 걸 하고

제가 후회하게 만들 거예요. 당신의 눈을 탓하세요!

15 　그 눈들이 저를 사로잡아서 제 마음을 갈라놓아

제 절반은 당신 것이고, 나머지 절반도 당신 것이에요.

제 것이라고 말하고 싶지만 제 건 곧 당신 것이니

결국 모두 당신 것이에요. 아, 이 몹쓸 세상은

소유자와 그의 소유권을 갈라놓네요!

20 　그러니 당신 것인데, 당신 것이 아니에요. 그리된다 해도

내가 아니라 운명의 여신이 저주를 받아야 해요.

제가 너무 말이 많은데 당신의 함 고르기를

지체시키기 위해서 시간을 내리눌러,

잡아 늘리려는 거예요.

밧사니오　　　　　　함을 고르게 해 주시오.

25 　지금 상태는 고문대에 매어 있는 것 같으니.

포샤　고문대라고요, 밧사니오? 그렇다면 당신의 사랑에

어떤 흑심이 섞여 있는지 고백하세요.

밧사니오　내 사랑을 차지하지 못할까 봐 걱정하는

의심이라는 흉측한 죄뿐이오.

30 　내 사랑에는 흑심이 섞여 있지 않소. 눈[雪]과 불 사이에

우정과 생명이 없듯이 말이오.

포샤　그래요? 하지만 고문대 위에서 하는 말씀이라 두렵네요.

거기선 사람들이 강요된 말을 하니까요.

밧사니오　사면을 약속해 주시면 진실을 고백하리다.

포샤 그럼 고백하고 목숨을 건지세요.

밧사니오   "고백하고 사랑하리라."   35

이것만이 내가 고백할 것입니다.

고문자가 풀려날 수 있는 답변을

가르쳐 주는 아, 행복한 고문이군요!

그러나 어서 내 운명의 함으로 데려다주시오.

포샤 그럼 가세요! 그 함 중 하나에 제 초상화가 들어 있어요.   40

저를 정말 사랑하신다면, 찾아내실 거예요.

네리사와 나머지 사람들은 물러서서 ─

이 나리가 선택하는 동안 음악을 연주해라.

만약 실패하시면 노래 부르며 죽어 가는 백조처럼

음악을 들으며 떠나실 것이다. 좀 더 제대로   45

비유하자면 내 눈은 흐르는 강물이 되고,

그를 위한 눈물 젖은 임종의 침상이 되리라. 옳은 선택을 하실

수도 있지. 그땐 어떤 음악일까? 그때는

충성스런 신하들이 새로 등극한 왕에게 절할 때의

나팔 소리겠지. 그 음악 소리는   50

새벽의 달콤한 음악 소리처럼

꿈꾸는 신랑의 귓속으로 스며들어

그를 결혼식장으로 인도하겠지. 이제 이분이

울부짖는 트로이 사람들이 바다 괴물에게 바친

처녀 제물 헤시오네 공주28를 구한   55

젊은 헤라클레스보다도 훨씬 큰 사랑을 품고

늠름하게 나아가신다.

나는 바로 그 처녀 제물이요, 물러서 있는 이들은

눈물에 젖은 얼굴로 과업의 결과를 보러 나온

트로이 여인들이로다. 헤라클레스여, 가세요!

당신이 살면, 저도 삽니다. 결투를 하는 당신보다

그 결투를 지켜보는 제가 훨씬 두려워요.

　　　　밧사니오가 함에 대해 읊조리는 동안 노래가 흐른다.

　　　　　사랑은 어디서 생겨나나,

　　　　　심장에서, 아니면 머리에서?

　　　　　어떻게 생겨나서, 어떻게 자라는가?29

　　　　　(일동) 말해 주렴, 말해 주렴.

　　　　　사랑은 눈에서 생겨나

　　　　　눈빛 먹고 자라다

　　　　　태어난 요람에서 시드노라.

---

28 헤시오네 공주 : 그리스 신화에 나오는 트로이의 공주로 트로이 왕 라오메돈의
　　딸이다. 헤라클레스는 바다의 신 넵튠이 트로이에 보낸 바다 괴물을 달래기 위해
　　제물로 바쳐진 헤시오네 공주를 구한다.
29 원문에서 이 세 행의 마지막 단어들이 bred, head, nourished이다. 일부 비평가
　　들은 납(lead)과 각운을 맞춘 이 노래를 통해 포샤가 밧사니오에게 힌트를 주었
　　다고 해석한다.

> 모두 사랑의 조종을 울려라. 70
>
> 내가 먼저 시작하노라. 딩, 동, 댕.
>
> (일동) 딩, 동, 댕.

밧사니오 그러니 겉모습은 실제와는 전혀 다를 수 있지.

세상 사람들은 항상 겉모습에 속는 법.

법정에서 아무리 추하고 부패한 변론이라 해도 75

달콤한 목소리로 치장하면

악의 모습을 감추지 않는가? 종교에 있어서도

저주받을 잘못도 근엄한 얼굴을 한 이가

아름다운 표현으로 성경을 인용하며

축복하고 인정하면 그 추함이 감춰지지 않던가? 80

어떤 식으로든 겉으로 미덕의 모습을

띠지 않는 바보 같은 악덕은 없지.

속은 모래 둔덕처럼 거짓된 얼마나 많은

겁쟁이들이 헤라클레스나 인상 쓴 마르스 신처럼

턱수염을 달고 다니는가. 85

이들 속을 들여다보면 간은 우유처럼 창백한데,

무섭게 보이려고 용감한 수염을

달고 다니지. 미인을 봐라.

잔뜩 치장을 해서

본모습을 바꾸는 기적을 행하여 90

치장을 많이 하는 여인일수록 가볍지.

곱실거리며 흘러내리는 금발 머리도

미인이라고 여겨지는 사람 위에 얹어져

바람결에 음탕하게 노닐지만,

95 무덤 속에 누워 있는

해골이 지녔던 머리에서 가져온 것.

이처럼 장식이란 가장 위험한 바다로 유혹하는

아름답게 꾸며진 해변에 불과하고, 검은 피부의

인도 미인을 가리는 아름다운 스카프에 불과하지.

100 한마디로 현자를 속이기 위해 영악한 시대가 걸치고 있는

가짜 진실이지. 그러니 너 빛나는 금이여,

미다스30 왕의 딱딱한 음식이여, 난 널 택하지 않겠다.

사람과 사람 사이를 오가는 창백하고 천박한 은31의 함

너도 택하지 않겠다. 오히려 희망을 주기보다는

105 위협을 하는 너 칙칙한 납이여, 너의 밋밋함이

웅변보다 나를 감동시키니

---

30 미다스 : 기원전 8세기 소아시아 지역 프리기아 나라의 국왕이다. 탐욕스러웠던
그는 술[酒]의 신 디오니소스에게 손에 닿는 것을 모두 황금으로 변하게 해 달라
고 간청했다. 술에 취한 디오니소스가 그 소원을 들어주었는데 만지기만 하면 황
금이 되어서 아무것도 먹을 수가 없었다. 사랑하는 딸을 안았다가 딸이 황금 조
각상이 되기도 하자 미다스는 디오니소스에게 다시 원래대로 되돌려 달라고 간청
했다. 미다스는 디오니소스의 도움으로 팍톨로스 강물에 목욕한 뒤 원래대로 회귀
했고, 딸도 그 강물에 담가 다시 인간으로 돌아왔다고 한다. 오늘날 미다스는 '탐
욕, 과욕'을, 미다스의 손(Midas touch)은 '돈 버는 재주'라는 뜻으로 쓰인다.
31 당시 유통되던 은화를 뜻하는 말이다.

나 너를 택하겠다. 기쁜 결과가 있기를!

포샤 (방백) 의심에 가득했던 생각들, 경솔하게 품었던 절망,

몸서리쳐지는 두려움, 푸른 눈빛의 질투와 같은

감정들이 다 하늘로 사라지는구나!   110

아, 사랑이여, 진정하고, 흥분을 가라앉히고,

이 기쁨에 찬비 내려 이 과한 기쁨을 자제시켜 주오!

그대의 축복 너무 과하니, 내가 질리지 않도록

줄여 주오.

밧사니오   여기 무엇이 들어 있나?

(밧사니오가 납함을 연다)

아름다운 포샤의 위조품이구나! 어떤 신 같은 존재가   115

이리도 똑같이 그렸을까? 눈이 움직이는가?

아니면 내 눈동자에 비쳐서

움직이는 것처럼 보이는가? 이 두 입술 사이로

달콤한 숨결이 흘러나오는구나. 그 숨결 너무나 달콤해

다정한 친구 사이[32]를 떼어 놓는구나. 화가는 거미 노릇을 하여   120

그녀의 머릿결을 거미줄에 걸린 벌레들보다

더 빨리 남자들의 마음을 사로잡는

황금 거미줄로 짜 놓았구나. 그런데 그녀의 눈은!

화가는 어찌 이 눈들을 바라보았을까?

----

32 다정한 친구 사이 : 두 입술을 뜻한다.

125　한쪽 눈을 그리면 그것이 그의 두 눈을 멀게 하여

　　나머지 한쪽 눈을 그리지 못하게 했으련만.

　　그러나 내 칭찬이 이 모사물에

　　못 미치듯이, 이 모사물도

　　절룩거리며 실물을 뒤따라오는구나. 여기

130　내 행운의 내용을 축약한 두루마리가 있군.　　　　　　(읽는다)

　　　　　겉모습을 보고 선택하지 않은 그대

　　　　　바르고 진실하게 잘 선택했노라.

　　　　　이 행운이 그대에게 돌아갔으니

　　　　　만족하고 새 짝을 찾지 마라.

135　　　　그대가 이 행운에 만족하고,

　　　　　그대 행운을 축복으로 여긴다면,

　　　　　그대 여인이 있는 곳으로 가서

　　　　　사랑의 입맞춤으로 그녀를 차지하라.

　　친절한 두루마리군! 아름다운 아가씨, 실례지만

140　나는 이 쪽지의 지시에 따라 드리고 또 받으러 왔습니다.

　　어떤 시합에서 두 사람이 경쟁했는데

　　사람들의 시선을 보고, 또 박수갈채와 함성 소리를 듣고서

　　자신이 시합에서 이겼다고 생각하면서도

　　이 함성 소리가 자신에게 보내는 것인지 아닌지 몰라

정신이 혼란스러워 여전히 의심스런 눈으로 바라보고 있는   145

사람처럼 너무너무 아름다운 아가씨, 나는

당신이 확인해 주고, 서명해 주고 인준해 줄 때까지

내가 본 것이 맞는지 틀린지 의심에 가득 차 서 있을 것입니다.

포샤 밧사니오 님, 당신은 여기 서 있는

그대로의 저를 보고 계십니다. 저 자신을 위해서라면   150

더 나아지기를 바라는 야심이 없으나

당신을 위해서라면 훨씬 더 나아지고 싶어요.

나 자신보다 수십 배나 더 나아지고 싶고,

천 배나 더 아름다워지고 싶고, 만 배나 더 부자가 되고 싶어요.

오직 당신의 계산에서 높은 평가를 얻기 위해   155

미덕과 아름다움, 재산과 친구에 있어서

비교할 수 없을 정도로 빼어나길 바라요.

그러나 지금 저의 총액은 얼마 안 됩니다. 다 합쳐 봐야

교양도 없고, 배움도 부족하고, 세상 물정도 모르는 여자랍니다.

그나마 다행인 것은 배우기에 아직 늦지 않았고   160

더욱 다행인 것은 배울 수 없을 정도로

둔하게 태어나지 않았다는 겁니다.

가장 다행인 것은 심성이 온순하여

당신을 저의 군주, 지배자, 왕으로 여기며

당신의 가르침에 전적으로 따를 거라는 것입니다.   165

내 자신과 내 가진 모든 것 이제 당신과 당신 것이

되었습니다. 조금 전까지 전 이 아름다운 저택의

군주였고, 하인들의 주인이었으며,

내 자신의 여왕이었지만 지금, 바로 이 순간

170 이 집과 하인들과 나 자신까지

나의 군주이신 당신의 것입니다. 이 반지와 함께

이것들을 드리니 만약 이것을 손에서 빼시거나, 잃어버리시거나,

남에게 주시면, 그것은 당신 사랑의 파멸을 입증하는 것이 되어

제가 당신을 크게 비난할 근거가 될 것입니다.

175 **밧사니오** 아가씨, 당신은 내 할 말을 모두 앗아가 버려

내 혈관 속 피만이 그대에게 말하니

내 모든 기능은 너무나 혼란스러워

마치 백성들의 사랑을 받는 군주가

훌륭한 연설을 마친 후에 흡족해하는

180 시끄러운 군중들 사이에서 온갖 소리가 뒤섞여,

표현되거나 미처 표현되지 못한 기쁨을 제외하곤

아무것도 분간할 수 없는 상태 같소.

허나 이 반지가 이 손가락에서 빠지면,

그땐 생명도 빠져나가게 될 터이니.

185 아, 그땐 감히 밧사니오가 죽었다고 말하시오!

네리사 나리와 아가씨, 이젠 옆에 서서

우리 소망대로 다 잘된 것을 지켜본 저희가

기쁨의 함성을 지를 차례입니다. 두 분, 축하드립니다!

그라쉬아노   밧사니오 경, 그리고 고귀하신 아씨,

두 분께서 바라는 기쁨을 다 누리시기 바랍니다.

제 축원까지 바라지 않으실 테니까요.

두 분께서 결혼식을 엄숙히 올리실 때

그때 저도 결혼하게 해 달라고

두 분께 간청 드립니다.

밧사니오   자네가 아내를 구할 수만 있다면 기꺼이 그리하겠네.

그라쉬아노   감사하게도 경 덕분에 아내감을 구했네.

내 눈도 경의 눈만큼이나 빨라서

경이 주인아씨를 볼 때 나는 시녀를 보았고

경이 사랑할 때 나도 사랑했네. 경처럼 나도

시간을 헛되이 보내지 않았지.

경의 행운이 저 함에 달려 있었듯이

내 운도 마찬가지였네.

땀이 다 나도록 청혼하고

입천장이 마르도록 사랑의 맹세를 하여

마침내, 그녀가 약속을 지킨다면 말이지만,

여기 있는 이 아름다운 여인의 사랑의 약속을

받아 냈네. 경이 운 좋게 주인아씨를 얻게 된다는

조건하에 말일세.

포샤   네리사, 이게 사실이야?

네리사   네, 아씨. 아가씨가 허락하시면요.

밧사니오 그라쉬아노, 자네도 진심인가?

그라쉬아노 물론이네.

밧사니오 그대들의 결혼식으로 우리 결혼식이 한층 빛나겠군.

그라쉬아노 저들과 누가 먼저 아들을 낳는지 천 두카트를 걸고 내기를 할 거요.

네리사 뭐라구요! 돈을 건다고요?

그라쉬아노 아니, 이 도박과 돈내기에서 우리가 이길 것 같지 않소.

그런데 이게 누군가? 로렌조와 그의 애인 아닌가!

아니! 베니스의 내 오랜 친구 살레리오까지!

로렌조, 제시카 및 베니스에서 온 전령 살레리오 등장

밧사니오 로렌조, 살레리오, 어서들 오게.

이곳에서 이제 막 생긴 내 새 지위가

자네들을 환영할 권한을 가졌는지 모르겠지만.

사랑스런 포샤, 그대가 허락해 주면

내 친구들과 고향 사람들을 환영하겠소.

포샤 저도 환영입니다.

저분들을 진심으로 환영합니다.

로렌조 밧사니오 경, 고맙네.

나는 자네들을 보러 온 건 아니고

도중에 살레리오를 만났는데

같이 가자고 졸라서 거절하지 못하고

따라왔네.

살레리오   사실이네, 밧사니오 경.

그럴 만한 이유가 있었네. 앤토니오가   230

자네에게 안부를 전했네.   (편지를 건넨다)

밧사니오   편지를 뜯어보기 전에

내 친구가 어떻게 지내는지 말해 주게.

살레리오   마음이 아파서 그렇지 잘 있다네.

마음이 아프면 잘 있는 건 아니지만. 이 편지를 읽어 보면

그의 처지를 알게 될 걸세.   (밧사니오가 편지를 뜯는다)   235

그라쉬아노   네리사, 저기 계신 여자 손님을 환영해 주시오.

살레리오, 악수하세. 베니스에 무슨 새로운 소식이라도 있나?

고결한 거상 앤토니오는 어찌 지내나?

우리들이 성공한 것을 알면 그도 기뻐할 걸세.

우린 이아손처럼 황금 양털을 얻었다네.   240

살레리오   앤토니오가 잃은 황금 양털을 자네들이 얻은 거면 좋겠네.

포샤   밧사니오 님의 안색이 창백해지는 걸 보니

저 편지에 뭔가 안 좋은 내용이 있나 보네.

소중한 친구가 죽었다거나 그런 일이 아니라면 뭐가

늘 평정심을 잃지 않는 분의 안색을 저렇게 바꾸겠는가.   245

아니, 점점 더 안 좋아지시네.

밧사니오, 실례지만 저는 당신의 반쪽이니

이 편지 내용이 무엇이든 그 절반은

제가 숨김없이 알아야겠어요.

밧사니오   아, 사랑스런 포샤,

250 지금껏 종이에 쓰였던 편지 중에서 이보다 슬픈

소식이 어디 있겠소! 다정한 포샤,

내가 처음 당신에게 내 사랑을 말할 때

난 귀족이기 때문에 내가 가진 전 재산은

내 혈관에 흐르는 피 속에 있다고 정직하게 털어놓았소.

255 그건 사실이었소. 그러나 그때,

땡전 한 푼 없는 사람이라고 평가한 것은

엄청난 허풍이었소. 내가 무일푼이라고

당신에게 말했을 때, 실은 무일푼보다

더 나쁜 상황이라고 얘기했어야 했소. 사실

260 난 소중한 친구한테 빚을 졌는데,

내게 필요한 돈을 빌리기 위해 내 친구는 지독한 원수한테

자기 자신을 담보로 잡혔소. 여기 편지가 있소.

이 편지지는 내 친구의 몸뚱이고,

글자 하나하나는 생명의 피를 흘리는

265 상처들이오. 그런데 살레리오, 이게 사실인가?

그의 투자가 다 잘못됐나? 하나도 성공하지 못했단 말인가?

트리폴리, 멕시코, 영국,

리스본, 바르바리, 그리고 인도에서

단 한 척도 상인들을 파멸시키는 무서운 암초를
피하지 못했단 말인가?

살레리오　　　　　　그렇다네.　　　　　　　　　　270
게다가 그가 유대인에게 빚을 갚을 수 있는 현금을
가지고 있다 해도 그 유대인이
받을 것 같지 않네. 인간의
탈을 쓰고 그렇게 인간을 파멸시키기 위해
혈안이 되어 있는 사람은 처음 보았네.　　　　　　275
그 유대인은 아침저녁으로 공작을 졸라 대며
법대로 해 주지 않으면, 베니스가 자유 국가임을
불신하겠다고 떠든다네. 이십 명의 상인들과,
공작님과 고관대작들이
모두 그를 설득했지만　　　　　　　　　　　　　280
아무도 위약물과 재판과 그 차용 증서에 대한
그의 집착을 버리게 할 수 없었네.

제시카　제가 아버지와 있을 때, 다른 유대인인 투발 아저씨와
추스 아저씨에게 맹세하는 걸 들었어요.
앤토니오에게 빌려 준 돈의　　　　　　　　　285
이십 배를 준다 해도
그의 살점을 택하겠다고 말하는 것을요.
만약 법과 권력과 당국이 막지 못한다면
가엾은 앤토니오 님은 곤욕을 치르실 거예요.

포샤 이러한 곤경에 처해 있는 분이 당신의 소중한 친구란 말이에요?

밧사니오 내 가장 소중한 친구요, 아주 친절하고

가장 고결한 성품을 지녔으며 끊임없이

선행을 베푸는 사람이요.

이탈리아에서 숨 쉬고 있는 그 누구보다도

고대 로마인의 미덕을 보여 주는 사람이요.

포샤 빚이 전부 얼만데요?

밧사니오 날 위해서 삼천 두카트를 빌렸소.

포샤 아니, 그게 다예요?

육천 두카트를 주고 계약을 말소하세요.

육천의 두 배, 아니 세 배를 주고라도

말씀하신 그 친구가 밧사니오 님 때문에

머리카락 한 올도 잃지 않게 하세요.

먼저 교회에 가서, 저를 아내로 맞이하고 나서

베니스의 친구분께 가세요!

불편한 마음으로 포샤 곁에 누워서는

절대 안 되지요. 그까짓 빚을 갚기 위해서라면

스무 배가 넘는 금화를 가져가셔도 좋아요.

빚을 청산하고 난 뒤 그 진실한 친구분을 모시고 오세요.

그동안 저는 네리사와

처녀이자 과부로 지내겠어요. 어서 가시지요!

결혼식과 함께 이곳을 떠나셔야 되니 말이에요.

친구분들에게 환영 인사를 하고 유쾌한 얼굴을 보이세요.

당신을 값지게 얻었으니, 값지게 사랑하겠어요.

그런데 친구분의 편지를 읽어 주세요.

밧사니오 (읽는다) "*사랑하는 밧사니오, 내 배들은 모두 난파당했고, 빚쟁이들은 잔인해지고, 내 재산은 형편없어졌으며, 유대인과의 계약은 지키지 못했네. 게다가 차용 증서의 빚을 갚는다 해도 위약금을 갚아 살아날 수 없을 것 같으니, 내가 죽을 때 자네를 볼 수만 있다면 그것으로 자네와 나 사이의 모든 부채는 청산될 것이네. 하지만, 그것도 자네 좋을 대로 하게. 사랑의 마음 때문에 오는 것이 아니라면 이 편지 때문에 굳이 올 필요는 없네.*" 315

320

포샤 아, 서방님! 만사를 제쳐놓고 어서 가세요.

밧사니오 당신이 그리 쾌히 허락해 주니

서두르겠소. 그러나 돌아올 때까지는

절대 잠자리에도 들지 않을 것이며,

우리 둘 사이에 잠의 휴식도 끼어들지 못하게 하겠소.   (퇴장) 325

제3장 베니스

유대인 샤일록, 솔레이니오, 앤토니오, 간수 등장

샤일록 간수, 이 사람을 잘 지키시오. —나에게 자비 얘기는 꺼내지도 마쇼. ─돈을 공짜로 빌려 주는 바보 같으니.

간수, 이자를 잘 지키라고.

앤토니오 샤일록, 내 말 좀 들어 보게.

샤일록 차용 증서대로 할 테니 그에 대해 왈가왈부하지 마시오.

5   증서내로 하겠다고 난 맹세했소.

당신은 아무 이유도 없이 날 개라고 불렀지.

난 개니까, 내 이빨을 조심하라고.

공작이 법을 집행해 줄 거요. 이 못된 간수 같으니,

저자가 요구한다고 데리고 나오다니

10   어찌 그리 어리석을 수가 있나.

앤토니오 제발 내 말 좀 들어 보게.

샤일록 차용 증서대로 하겠소. 왈가왈부해 봐야 소용없소.

증서대로 할 테니 더 이상 아무 말 마시오.

기독교도들의 간청에 고개를 흔들고, 수그러들어서

15   한숨지으며 양보하는 그런 약하고

맹한 바보는 되지 않을 것이오. 따라오지 마시오. ─

난 아무 말 않을 테니, 말해 봐야 소용없소.   (퇴장)

솔레이니오 이자는 지금까지 사람과 살아온 개 중에서도

가장 지독한 개자식이군.

앤토니오 그냥 놔두게.

20   간청해 봐야 소용없으니 더 이상 그를 따라다니지 않겠네.

그는 내 목숨을 원하는데 그 이유를 내 잘 알지.

내게 와서 하소연한 많은 그의 채무자들이

위약하지 않게 내가 종종 도와주었지.

그래서 나를 미워하는 거네.

솔레이니오   공작님이 절대

자네 살을 떼어가는 걸 허락하지 않을 걸세.   25

앤토니오 공작님도 법의 집행을 거부할 수는 없을 걸세.

이방인들이 이곳 베니스에서

우리와 함께 누리는 특권을 부정하면,

이 도시의 정의를 위태롭게 할 걸세.

베니스의 무역과 소득이 여러 나라에   30

의존하고 있으니. 그러니 가보게, ─

그동안 손실로 낙심한 탓에 살이 너무 빠져서

내일 잔인한 채권자에게 떼어 줄

살 1파운드가 남아 있을지 모르겠네.

자, 간수, 가세. ─ 부디 밧사니오가 와서   35

내가 그의 빚을 갚는 걸 봐 주길. 그럼 여한이 없네.   (퇴장)

제4장 벨몬트

포샤, 네리사, 로렌조, 제시카, 포샤의 하인 발싸자 등장

로렌조 부인, 앞에서 말씀드려 좀 그렇지만,

이처럼 부군이 떠난 것을 잘 견디시는 것을 보면

부인은 지고지순한 우정을

진실로 고결하게 이해하고 계십니다.

하지만 부인이 이러한 고귀한 친절을 누구에게 표하고 있는지,

5   부인이 구하려고 하는 사람이 얼마나 진실한 분인지,

남편분의 얼마나 소중한 친구인지를 아신다면

일상적인 선행에서 느낄 수 있는 것보다

이 일을 훨씬 더 자랑스럽게 여기실 겁니다.

10   **포샤** 저는 여태 친절을 베풀고 후회한 적 없었고

이번에도 마찬가지일 겁니다. 왜냐하면 함께

이야기를 나누고 시간을 보내는 친구들은

그들의 영혼이 똑같은 우정을 지니고 있어서

외모나 태도나 정신이

15   비슷할 수밖에 없으니

제 남편의 절친한 친구인

앤토니오란 분도 분명 제 서방님과

비슷하실 겁니다. 만약 그렇다면,

끔찍이도 잔인한 처지에서

20   제 사랑과 닮은 분을 구해 내는데

그 정도 베푸는 것은 별거 아니죠.

이건 자화자찬인 셈이니

그 이야기는 그만하고 다른 얘기를 하지요.

로렌조 님, 서방님이 돌아올 때까지

이 집의 관리를 맡아주시길   25

좀 부탁드립니다. 저는

네리사와 저의 서방님들이 돌아오실 때까지

여기 있는 네리사만 데리고

기도와 명상 가운데 지내기로

하늘에 은밀히 맹세했거든요.   30

여기서 2마일 떨어진 곳에 수도원이 하나 있는데

거기서 지낼 겁니다. 그러니 이 부탁을

거절하지 마시길 바랍니다.

저의 사랑과 또 다른 사정이 있어

부탁드리는 겁니다.

로렌조   부인, 기꺼이   35

명령하신 바를 수행하겠습니다.

포샤 제 하인들은 이미 제 뜻을 알고 있으니

서방님과 저 대신에

로렌조 님과 제시카를 주인처럼 섬길 겁니다.

그러면 다시 만날 때까지 안녕히 계세요.   40

로렌조 부디 좋은 생각 많이 하시고, 즐거운 시간 보내시길!

제시카 아주 만족스러운 시간이 되시기를 바랍니다.

포샤 두 분 기원에 감사드립니다. 두 분도

그러시길 바라요. 제시카 잘 있어요.   (제시카와 로렌조 퇴장)

45 　자, 발싸자,

너는 항상 정직하고 믿음직스러웠으니

여전히 그렇다는 걸 보여 줘. 이 편지를 가지고

사람의 힘으로 할 수 있는 한 최대한 서둘러서

파두아로 가서 내 사촌 벨라리오 박사님에게

50 　이 편지를 전해 다오.

그리고 그분이 어떤 서류와 옷들을 주는지 보고

그것들을 최대한 빨리

베니스로 가는 여객선의 선창으로

가져다줘. 아무 말 말고

55 　빨리 가. 내가 너보다 먼저 그곳에 가 있을 거야.

발싸자　최대한 빨리 다녀오겠습니다, 아씨.　　　　(퇴장)

포샤　네리사, 가자. 네가 아직 모르는 계획을

갖고 있어. 우린 남편들이 우리인지 모르는 상태에서

남편들을 만날 거야.

네리사　　　　　　　　남편들을 만난다고요?

60 　**포샤**　그래, 네리사. 우리가 갖고 있지 않은 것을

갖고 있다고 생각하게 만드는 옷차림을 하고 말이야.

뭐든 걸고 내기를 해도 좋아.

우리 둘이 젊은 남자 옷을 차려입으면

분명히 내가 너보다 더 멋져 보일 거고,

단검을 차도 내가 훨씬 용감해 보일 거고   65

갈대 피리 소리 같은 변성기 사내 목소리로

말할 거고, 여자의 두 발짝 걸음을

남자의 커다란 한 발짝 걸음으로 바꾸고, 허풍 치는

젊은이처럼 싸움 얘기를 할 거고,

정숙한 규수들이 내 사랑을 원했는데   70

내가 이를 거절하자 그들이 상사병에 걸려 죽었다,

나로서는 어쩔 수 없었다, 그리고 나서 후회하며

나 때문에 죽은 것이 아니길 바랄 거라는 등

그럴듯한 거짓말을 해 댈 거야.

이런 시답잖은 거짓말들을 수십 번 하면   75

사람들은 내가 학교를 떠난 지가 일 년이 넘었다고

확신할 거야. 나도 써 먹을 수 있는

이들 허풍쟁이들의 서툰 수법들을

천 가지쯤은 알고 있어.

네리사   아니, 우리가 남자로 변한다고요?

포샤 세상에, 무슨 질문이 그래.   80

음탕한 마음을 가진 사람이 곁에서 들으면 어쩌려고!

가자, 정원 문에서 우리를 기다리는 마차에 타서

내 계획을 다 말해 줄 테니, 서두르자.

오늘 이십 마일을 가야 해.   (퇴장)

제5장 벨몬트

광대 랜슬롯과 제시카 등장

랜슬롯 네, 정말이에요. 그러니 조심하세요. 아버지 죄 때문에 자식들이 벌을 받는다니까요. 그래서 정말 난 아가씨가 걱정이에요. 아가씨한테는 항상 솔직했으니 이 문제에 관한 내 걱정을 얘기하는 거예요. 그러니 기운 내세요. 내 생각에 아가씨는 정말 지옥에 갈 거예요. 그런데 아가씨에게 도움이 될 희망이 딱 한 가지 있는데, 그것도 좀 천박한 희망이죠.

제시카 그게 무슨 희망인데?

랜슬롯 아가씨 아버지가 아가씨를 배게 하지 않아 아가씨가 유대인의 딸이 아니길 바라는 작은 희망이죠.

제시카 그건 정말 천박한 희망이구나. 그럼 아마 엄마의 죄가 내게 떨어질걸.

랜슬롯 그러니 정말 아가씨는 양친 때문에 지옥에 갈 거 같아요. 아가씨의 아버지라는 괴물 스킬라를 피하면, 어머니라는 괴물 카리브디스33를 만나게 되니. 그래서 아가씨는 양쪽에서 다 가망이

---

33 스킬라와 카리브디스 : 트로이 전쟁이 끝난 뒤 집으로 돌아가는 길에 오딧세우스가 포세이돈의 저주 때문에 겪게 되는 모험 중 만나는 바다 괴물들이다. 스킬라(Scylla)는 다리가 12개, 머리가 6개인 바다 괴물로 배가 접근하면 긴 목을 늘려서 한 사람씩 물어가 먹어 치운다. 반면, 카리브디스(Charybdis)는 포세이돈의 딸이자 식욕이 엄청난 거인으로, 그녀가 하루에 세 번 바닷물을 삼키고 토해 낼

없어요.

제시카 난 내 남편 덕에 구원받을 거야. ─ 그분이 날 기독교인으로 만들어 줬으니까.

랜슬롯 정말 그래서 아가씨 남편은 더 비난받아야 해요. 서로 사이좋게 살아갈 수 있을 정도로 기독교인들이 충분한데 이렇게 자꾸 기독교인들을 만들다 보면 돼지고기 값이 올라갈 거예요. 다들 돼지고기를 먹다 보면, 곧 돈을 주고도 베이컨 한 조각도 살 수 없게 될 거예요.

로렌조 등장

제시카 랜슬롯, 네가 한 말을 남편에게 일러줄 거야. 마침 여기 오시니.

로렌조 랜슬롯, 내 아내를 이렇게 외진 곳으로 데리고 다니면, 곧 내가 널 질투할 거야.

제시카 아니, 걱정할 것 없어요, 로렌조. 랜슬롯하고 난 싸우고 있었어요. 내가 유대인의 딸이기 때문에 친국에 가지 못한다고 솔직하게 말해서요. 또 당신은 유대인을 기독교도로 개종시켜서 돼지고기 값을 올려놨기 때문에 훌륭한 시민이 아니래요.

─────────────────

때 커다란 소용돌이를 일으켜 배를 통째로 삼킨다. 스킬라를 피하면 카리브디스를 만나게 되어 영어 단어 Scylla and Charybdis는 '진퇴양난'이라는 뜻으로 쓰인다.

로렌조 검둥이의 배를 부르게 한 너보다는 훌륭한 시민이라고 대
　　　답해 주마. 랜슬롯, 그 무어 여인이 네 애를 뱄다며.

랜슬롯 그 무어 여인이 정상보다 배가 부르면 그것 큰일이군요. 하
　　　지만 그 여자가 정숙한 여인이 아니라면, 그 여자는 정말 내가 생
　　　각했던 것 이상인데요.

로렌조 광대 녀석들은 어찌나 세상일을 가지고 장난을 치는지! 현
　　　명함을 드러내는 최선의 방법은 침묵을 지키는 거고, 떠들어 대
　　　는 것은 앵무새한테나 칭찬할 일인 것 같아. 이 녀석아, 들어가서
　　　저녁 먹을 준비하라고 일러라.

랜슬롯 준비는 다 되어 있는데요. 다들 배가 있잖아요.

로렌조 허허, 그 녀석, 말장난을 잘도 하는구나! 그렇다면 저녁을
　　　준비하라고 일러라.

랜슬롯 그것도 준비되어 있어요. "식탁을 차려라"라고만 하시면
됩니다.

로렌조 그러면 그래 주겠나?

랜슬롯 그것도 안 됩니다. 저는 제 할 일을 알고 있거든요.

로렌조 사사건건 시비를 거는구나! 한 번에 네 기지를 다 보여 줄
　　　셈이냐? 제발 단순한 사람을 단순하게 이해해 줘라. 네 동료들한
　　　테 가서 식탁보를 깔고, 음식을 차리라고 해라. 곧 식사하러 갈
　　　테니.

랜슬롯 식탁으로 말하자면 곧 차리고, 음식으로 말하자면 곧 내놓
　　　고, 식사하러 오신다는 나리로 말하자면, 그거야 나리 기분과 마

음이 내키는 대로 하십시오.   (퇴장)

로렌조   햐, 기가 막히는군. 어쩜 말이 저리 딱 맞아떨어지는가!

저 바보 녀석은 좋은 말들을 잔뜩   60

외우고 있다니까. 저 녀석처럼

장식한 옷을 입고, 보다 높은 위치에 있는

광대들을 많이 알고 있는데, 그들은 말장난을

하느라고 본질을 다 흐려 놓는다니까. 제시카,

이제 기분이 좀 어때요? 당신 생각을 말해 봐요.   65

밧사니오의 부인이 어떤 거 같소?

제시카   말로 표현할 수 없지요. 밧사니오 님은 올바른 생활을

하셔야 할 겁니다.

그런 부인을 얻는 은총을 입으셨으니

천국의 기쁨을 이곳 지상에서 얻은 셈이죠.   70

그러니 이곳 지상에서 천국에 갈 만한 생활을 하지 않으면

절대 천국에 가지 못하실 겁니다.

두 명의 신이 이 지상의 두 여인을 걸고

천국에서 내기를 한다면

한쪽엔 포샤를 걸고, 다른 한쪽엔 무엇이든   75

더 걸어야 할 거예요. 이 초라하고 거친 세상에는

그녀와 겨룰 만한 상대가 없을 테니까요.

로렌조   포샤가 그런 아내라면

나는 당신에게 그런 남편이오.

제시카 아니, 그것에 관해서도 제 의견을 물으셔야죠.

로렌조 그건 좀 이따가 듣기로 하고 우선 식사부터 합시다.

제시카 아니, 마음이 내킬 때 당신을 칭찬하게 해야죠.

로렌조 아니, 그럼 그걸 식탁 얘깃거리로 삼읍시다.

　　　　당신이 무어라고 하든 다른 음식과 함께

　　　　그 말을 소화해 주지.

제시카　　　　　　　좋아요. 당신을 아주 추켜드리지요.　　（퇴장）

제4막

토머스 설리, 〈포샤와 샤일록〉, 1835, 워싱턴, 폴저 세익스피어 도서관

제1장 베니스

공작, 귀족들, 앤토니오, 밧사니오, 살레리오, 그라쉬아노 및
다른 사람들 등장

공작 음, 앤토니오는 출두하였느냐?

앤토니오 여기 대기하고 있습니다, 공작님.

공작 참 안됐네. 자네는 연민도 없고

　　자비심이라곤 눈곱만큼도 없으며

　　목석 같은 비인간적인 자에 맞서　　　　　　　　5

　　자신을 변호해야 하네.

앤토니오　　　　　　공작님께서

　　그자의 강력한 주장을 누그러뜨리기 위해

　　무척 애를 쓰셨다고 들었습니다.

　　그러나 그가 너무 완강하고, 어떤 합법적인

　　방법으로도 그자의 복수심에 가득 찬 손아귀에서 저를　10

구할 수 없으니 그자의 분노심에

제 인내심을 겨루어 보며 그의 잔인함과 분노를

평정심을 갖고 견뎌 낼 각오가 되어 있습니다.

공작　가서 유대인을 법정으로 데려오너라.

살레리오　문에 대기하고 있습니다. 저기 오고 있습니다, 공작님.

샤일록 등장

공작　자리를 비켜 저자를 내 앞에 세워라.

샤일록, 세상 사람들도 그렇고, 나 역시

자네가 이러한 악의를 재판의 최후 순간까지

끌고 가다가 자네가 지금 보이고 있는

이 이상한 잔인함보다도 더 이상한

자비심과 연민을 최후에 보여 줄 것이라 생각하네.

자넨 이 불쌍한 상인의 살 1파운드를

위약물로 징수하겠다고 하지만,

최근에 그가 당한 손실을 보고는

인간적인 관대함과 사랑의 마음이 들어

위약물을 포기할 뿐만 아니라

원금의 일부를 감해 줄 것이네.

그는 최고의 거상도 기가 꺾이게 만들고

청동처럼 강한 마음과 부싯돌같이 거친 마음도,

또 무자비한 터키인과 점잖은 예법을 배운 적이 없는   30

타타르인34들도 그의 처지를 측은하게 여겨

동정심을 일으킬 만한

극심한 손해를 입었잖은가.

우리 모두 자네의 너그러운 답변을 기대하네.

샤일록 제 뜻은 공작님께 이미 알려 드렸습니다.   35

저희들의 성스러운 안식일에 걸고 저는 차용 증서에 명시된

정당한 위약물을 받아 내겠다고 맹세했습니다.

공작님께서 이를 용인하지 않으시면, 베니스의 법도,

자유도 위험에 처하게 될 것입니다!

왜 삼천 두카트를 받지 않고 썩은 살덩이를   40

가지려 하는지 궁금하실 겁니다. 그에 대해서는 답변 않겠습니다.

그냥 제 취향이라고 하면 ─ 답이 될까요?

만약 저희 집에 쥐가 한 마리 들어와

귀찮게 해서 기꺼이 만 두카트를 들여

그놈을 없애겠다고 하면   45

어떻겠습니까? 그럼 답이 될까요?

입 벌리고 있는 돼지머리를 좋아하지 않는 사람도 있고

고양이를 보면 화를 내는 사람도 있습니다.

---

34 타타르인 : 몽골족과 투르크계 민족 등 아시아의 스텝과 사막에 사는 유목 민족
  을 총칭한다.

백파이프의 소리만 들어도 오줌을 참지 못하는

50 사람도 있습니다. 그건 격정을 지배하는 감정이

사람의 호불호를 제멋대로 지배하기 때문입니다.

자, 이제 공작님께 답변을 드리죠.

왜 입 벌리고 있는 돼지머리를 견딜 수 없는지

왜 아무 죄도 없고 오히려 유용한 고양이를 견딜 수 없는지

55 왜 모직 천으로 싼 백파이프를 견디지 못해

그런 수치스런 행동을 자기도 모르게 하여

남에게 불가피한 모욕을 당하고

자신도 불쾌해하는지에 대해

뚜렷한 이유를 댈 수 없듯이 저도 이유를 댈 수 없습니다.

60 다만 앤토니오에게 품고 있는 오랜 원한과

증오 때문에 이런 손해 보는 소송을 하고 있다고만

말씀드리겠습니다. 이 정도면 답변이 되었습니까?

밧사니오 이 냉혹한 인간아, 그건 자네가 지금 보이는

잔인함에 대한 설명이 못 돼.

65 **샤일록** 당신 마음에 들게 답변할 의무는 없지.

밧사니오 모든 사람들이 자기가 싫어하는 것들을 죽이나?

샤일록 죽이고 싶지 않은 것을 사람들이 증오하겠소?

밧사니오 마음에 안 든다고 처음부터 증오하는 건 아니지.

샤일록 아니, 당신은 뱀이 두 번이나 물도록 놔두겠소?

70 **앤토니오** 제발 여러분이 지금 유대인과 논쟁하고 있다는 걸 잊지

마십시오.

그자의 유대인 심장을 누그러뜨리려고 하기보다는

차라리 해변가에 서서 높은 파도에게

평상시 높이로 낮추라고 명령하는 게 나을 겁니다.

늘대에게 왜 새끼 양을 잡아먹어 어미 양을 울렸냐고

묻는 게 나을 겁니다.   75

하늘의 돌풍으로 흔들리는 산속의 소나무더러

나무 끝을 흔들어 소음을 내지 말라고

명령하는 게 더 나을 겁니다. 그의 유대인 마음보다

더 매정한 것이 어디 있겠소마는

아주 매정한 것을 누그러뜨리려 하는 편이 나을 겁니다.   80

그러니 제발 더 이상 아무 제안도 하지 말고

다른 방법도 쓰지 말고 가능한 한 빠르고 간단하게

판결을 내려 유대인의 뜻대로 해 주십시오.

밧사니오 삼천 두카트 대신 여기 육천 두카트를 주겠다.

샤일록 육천 두카트 하나하나가 여섯으로 나뉘고, 그 각각이   85

일 두카트가 되어도, 나는 그 돈을

받지 않고 차용 증서대로 할 거요.

공작 자비를 베풀지 않는다면 어떻게 자비를 바라겠는가?

샤일록 잘못한 것이 없는데 무슨 심판을 두려워하겠습니까?

공작님께는 돈 주고 산 노예들이 많고   90

그것들을 당나귀, 개, 노새처럼

천한 노역에 부려먹습니다.

돈 주고 사셨기 때문입니다. 노예들을 해방시키세요,

공작님 자식들과 결혼시키세요,

95 왜 그들은 짐을 잔뜩 지고 땀 흘립니까? 그들의 침대도

공작님 것처럼 푹신하게 해 주시고, 그들의 입도

진수성찬을 맛보게 해 주세요, 라고 말씀드릴까요?

그러면 공작님은 대답하시겠죠. "그 노예들은 내 거야."

저도 똑같이 대답하겠습니다. 제가 요구하는 살 1파운드는

100 비싼 돈을 주고 샀으므로 제 것이니 제가 가질 겁니다.

이걸 부인하시면, 당신네 법은 참 웃기는 거죠.

베니스의 법률은 효력이 없는 것이지요.

판결을 요청합니다. 살점을 떼어 내도 될지 답해 주십시오.

공작 이 소송을 판결하도록 의뢰한

105 학식이 뛰어난 벨라리오 박사가 오늘

이곳에 오지 않았다면

내 권한으로 이 소송을 기각시킬 수도 있다.

살레리오   공작님, 문밖에

박사님의 편지를 가지고 지금 막 파두아에서 도착한

전령이 기다리고 있습니다.

110 **공작** 편지를 가져와라. 그 전령도 들라 해라.

밧사니오 앤토니오, 힘내게! 이 사람아, 용기를 가져!

나 때문에 자네가 피 한 방울이라도 흘리게 하기보다는

저 유대인에게 내 살과 피와 **뼈**와 온몸을 내주겠네.

앤토니오   나는 무리 중에서 병든 거세 양이니

내가 죽어 마땅하네. 가장 약한 과일이   115

가장 먼저 땅에 떨어지는 법. 나를 놔두게.

밧사니오, 자네는 살아 내 묘비명을

써 주기만 하면 되네.

네리사가 변호사의 서기로 변장하고 등장

공작   그대가 파두아에서 온, 벨라리오 박사의 전령이오?

네리사   그렇습니다, 공작님. 벨라리오 박사님이 공작님께 안부를   120

전하셨습니다.   (편지를 건넨다)

밧사니오   왜 그렇게 칼을 열심히 가는가?

샤일록   저기 있는 파산자로부터 위약물을 잘라 내려고 갈고 있소.

그라쉬아노   이 잔인한 유대인아, 구두 밑창이 아니라 네 영혼[35]에다

칼을 갈아라. 어떤 쇠붙이도 — 아니 심지어

교수형 집행인의 도끼도 — 네 그 날카로운 적의에 비하면   125

반도 날카롭지 않을 테니. 어떤 간청도 네 심장을 꿰뚫을 수 없

단 말이냐?

---

35 그라쉬아노는 동음이의어인 sole(구두 밑창)과 soul(영혼)을 가지고 말장난을 하
고 있다.

샤일록 안 되지, 온갖 기지를 다 발휘해도 안 통하지.

그라쉬아노 오, 이 천벌 받을 개 같은 놈아,

　너 같은 놈을 살려 두다니 법이 잘못됐지!

130　너는 내 믿음마저 흔들리게 만들어

　동물의 영혼이 사람의 몸속으로 들어간다는

　피타고라스36의 의견을 받아들이게 하는구나.

　네 들개 같은 영혼은 사람을 살해한 죄로

　교수형에 처해진 뒤 그 교수대에서

135　그놈의 타락한 영혼이 빠져나와 네놈이

　더러운 네 어미 배 속에 들어 있을 때

　네놈 몸속에 들어간 늑대의 것이야. 그래서 네놈의 욕심이

　그토록 늑대 같고, 잔인하고, 게걸스럽고, 탐욕스러운 거야.

샤일록 그렇게 큰 소리쳐 봐야 당신 허파만 아프지,

140　이 차용 증서의 봉인도 날려 버리지 못해.

　젊은 양반, 정신 차리시오. 안 그러면 당신 정신이

　치유 불가능하게 될 테니. 난 법집행을 기다리고 있습니다.

공작 벨라리오 박사가 이 편지를 통해

　젊고 학식 있는 박사를 우리 법정에 추천했소.

　그분이 지금 어디 있느냐?

---

36 피타고라스 : 그리스 철학자이자 수학자로 혼은 불멸하는 실체이며, 몸이 소멸
　할 때마다 다른 동물의 몸속으로 들어간다고 주장했다. 이를 '혼의 전이설'이라
　고 한다.

네리사   공작님의 답변을 듣고자

바로 근처에서 기다리고 계십니다.

공작 진심으로 환영하네. 서너 명이 가서

그분을 이곳으로 정중하게 모셔 와라.

그동안 여러분은 벨라리오 박사의 편지를 들어 보시오.

(읽는다)

　　공작님의 편지를 받았을 때 제가 몹시 아팠다는 것을 이해해 주시
기 바랍니다. 하지만 공작님이 보내신 전령이 왔을 때 마침 로마의 한
젊은 박사가 저를 방문 중이었습니다. 그의 이름은 발싸자입니다. 저
는 그에게 유대인과 상인 앤토니오 사이의 소송 건에 대해 상세히 알
려 주었습니다. 우리는 함께 많은 문헌을 찾아보았습니다. 제 의견을
그에게 말해 주었더니 제가 아무리 칭찬해도 부족할 정도로 자신의
지식을 더하여 제 의견을 수정 발전시켰습니다. 그가 저의 간곡한 부
탁으로 저 대신 공작님의 청을 들어드리기 위해 가기로 했습니다. 부
디 나이가 어리다고 해서 박사가 존경 어린 평가를 받지 못하는 일이
없기를 바랍니다. 왜냐하면 그렇게 젊은 사람이 그처럼 노련한 판단력
을 가지고 있는 걸 본 적이 없기 때문입니다. 공작님께서 너그러이 그
에게 재판을 맡기시면 그는 재판을 통해 제 칭찬보다 훌륭함을 더 잘
입증할 것입니다.

　　　　　　포샤가 발싸자 박사로 변장하고 등장

박식한 벨라리오 박사의 편지 내용을 다들 들으셨죠.

여기 이분이 그 박사 같군요.

어서 오시오. 악수하십시다. 연로한 벨라리오 박사가 보내셨소?

포샤 그렇습니다, 공작님.

공작 　　　　　　　잘 오셨소. 앉으시오.

현재 이 법정에서 심의 중인 소송에 대해선

알고 계시오?

포샤 그 소송에 대해 상세하게 들었습니다.

170 누가 상인이고 누가 유대인입니까?

공작 앤토니오와 늙은 샤일록, 둘 다 앞으로 나오게.

포샤 당신 이름이 샤일록입니까?

샤일록 　　　　　　　　그렇습니다.

포샤 꽤 이상한 소송을 제기했으나

법 절차상 베니스의 법은

175 당신 소송을 비난할 수가 없습니다.

당신의 목숨은 이 사람 손에 달려 있군요. 그렇죠?

앤토니오 네. 이자가 그렇게 주장하고 있습니다.

포샤 　　　　　　　　차용 증서는 인정합니까?

앤토니오 네.

포샤 　　　그렇다면 유대인이 자비를 베풀어야겠군요.

샤일록 내가 왜 그래야 되죠? 이유를 말해 주십시오.

180 **포샤** 자비의 속성은 강요된 것이 아니라

하늘에서 이 지상에 내리는 단비같이
베푸는 것입니다. 그것은 이중의 축복으로
주는 사람에게도, 받는 사람에게도 축복이요.
그것은 가장 강한 것 중에서도 가장 강한 것으로
왕위에 오른 군주에게 왕관보다 더 잘 어울리는 것이오.   185
왕홀은 경외와 위엄을 나타내는 상징으로
일시적인 권력을 보여 주고
거기에는 왕에 대한 두려움과 공포가 깃들어 있지요.
그러나 자비는 이 왕홀의 권능을 능가하는 것으로
왕들의 가슴속에 자리 잡고 있으며   190
하나님이 지니신 속성이오.
정의에 자비가 더해질 때 지상의 권력은
하나님의 권능을 보여 주오. 그러니, 유대인이여,
비록 그대가 정의를 요구하지만, 이걸 생각해 보시오.
정의만 따르면 우리 중 그 누구도 구원을 얻을 수 없다는   195
것을 말이오. 우리는 자비를 구하는 기도를 하고
바로 그 기도가 우리 모두에게 자비로운 행동을
하라고 가르칩니다. 그대가 탄원하는 정의를
누그러뜨리기 위해서 내가 이렇게 말을 많이 했음에도
그대가 정의를 고집하면 엄격한 베니스 법정은   200
저 상인에 대해 불리한 판결을 내릴 수밖에 없소.

샤일록 내 행동에 대한 벌은 내가 받겠습니다! 난 법의 집행을,

이 차용 증서에 명시된 벌칙과 위약물을 원합니다.

포샤　피고는 돈을 갚을 수 없소?

205　**밧사니오**　아니, 갚을 수 있습니다. 이 자리에서 갚겠습니다.

네, 원금의 두 배로요. 그걸로 충분하지 않으면

제 손, 머리, 심장을 담보로

열 배로 갚겠다고 맹세하겠습니다.

그걸로도 부족하다면 그건

210　진실이 악의에 패배한 것입니다. 그러니 부디

한 번만 재판관님의 권위로 법을 비틀어

큰 선을 행하기 위해 작은 잘못을 저질러

이 잔인한 악마의 뜻을 억제시켜 주십시오.

포샤　그럴 수는 없소. 베니스에는 이미 정해진 법령을

215　바꿀 수 있는 권능은 없소.

그러면 전례로 기록될 것이고

그 선례를 따라 많은 잘못들이

이 도시에 생겨날 것이오. 그럴 수는 없소.

샤일록　다니엘[37]이 재판하러 오셨네! 정말 다니엘 같은 분이!

220　오, 젊고 똑똑한 재판관님, 어떻게 경의를 표해야 할까요!

포샤　어디 차용 증서 좀 봅시다.

---

37 다니엘 : 구약 성서에 등장하는 다니엘은 모함을 받아서 위기에 처해 있던 수산 나를 구하고, 음탕한 두 장로를 심판한 명재판으로 유명하다.

샤일록   여기 있습니다, 존경해 마지않는 박사님, 여기요.

포샤   샤일록, 세 배를 주겠다고 제안하는데 어떻소?

샤일록   맹세했습니다, 맹세. 하늘에다 맹세했습니다!

　　제 영혼에 위증을 하라구요? 베니스를 다 준다 해도　　　　225

　　안 될 말이죠.

포샤　　　　　정말 위약이 되었군요.

　　따라서 합법적으로 이 유대인은 저 상인의

　　심장 가장 가까운데서 살 1파운드를 떼어 낼

　　권리를 주장할 수 있습니다. 자비를 베푸시지요.

　　원금의 세 배를 받고, 이 차용 증서를 찢게 해주시오.　　　230

샤일록   거기 적힌 대로 위약물을 받은 다음에 그리하겠습니다.

　　제가 보기에 판사님은 훌륭한 재판관이시고,

　　법도 잘 알고 계시고, 법 해석도

　　지극히 타당하십니다. 재판관님은

　　법을 지탱해 주는 기둥이시니 부디 법에 따라　　　　　235

　　판결을 내려 주시길 바랍니다. 제 영혼에 대고 맹세코

　　사람의 말로는 제 마음을 바꿀 수 없습니다.

　　차용 증서대로 판결해 주시길 바랍니다.

앤토니오   간곡히 법정에 바라오니

　　어서 판결을 내려 주십시오.

포샤　　　　　　　그렇다면 판결을 내리겠소.　　　　240

　　원고의 칼을 받을 준비를 하시오.

샤일록 아, 고결하신 판사님, 아, 젊지만 정말 훌륭하십니다!

포샤 법의 취지와 목적에 따라

　이 차용 증서에 명기된

245　위약물은 마땅히 지불되어야 합니다.

샤일록 지당한 말씀입니다. 아, 현명하고 공정하신 재판관님,

　참으로 보기보다 노련하시군요!

포샤 그러니 피고는 가슴을 드러내시오.

샤일록　　　　　　　　　　　　　그렇죠. 가슴을.

　차용 증서에 그렇게 쓰여 있죠, 그렇잖습니까, 고결하신 재판

　관님?

250　"심장에 가장 가까운 곳", 바로 그렇게 쓰여 있습니다.

포샤 그렇소. 살덩이 무게를 달 저울은

　준비되었소?

샤일록　　　준비했습니다.

포샤 샤일록, 피고가 피를 흘려 죽을 수도 있으니

　그의 상처를 지혈할 의사를 당신 경비로 대기시켜 놓으시오.

255　**샤일록** 차용 증서에 그렇게 적혀 있습니까?

포샤 그런 내용은 없지만, 그게 어쨌다는 거요?

　그 정도 자비는 베푸는 게 좋을 거요.

샤일록 안 보이는데요. 차용 증서에 그런 내용은 없습니다.

포샤 그대 상인은 뭐 하고 싶은 말 없소?

260　**앤토니오** 별로 없습니다. 마음의 준비가 다 되었습니다.

밧사니오 악수하세. 잘 있게.

자네 때문에 내가 이렇게 파멸했다고 슬퍼하지 말게.

운명의 여신이 평소보다 더

친절을 베푸는 것 같으니까. 보통 운명의 여신은

비참한 사람이 재산을 다 잃고도 살아남아 265

휑한 눈과 주름진 이마를 갖고

비참한 노년을 경험하게 하지. 그런데 그런 비참한

세월을 질질 끌지 않고 나에게는 감해 준 게 아닌가.

자네의 고결한 부인에게 내 안부를 전해 주게.

부인에게 앤토니오가 어떻게 최후를 맞았는지, 270

내가 얼마나 자네를 사랑하고, 얼마나 의연하게 죽었는지 말해

주게.

이야기를 다 하고 난 뒤 부인에게 밧사니오가

사랑을 받았는지 아닌지 판단해 보라고 하게.

친구를 잃는 것만 슬퍼하게,

그 친구는 자네 빚을 갚는 걸 후회하지 않으니. 275

저 유대인이 깊숙이 찔러만 준다면

온 마음 다해 즉시 빚을 갚겠네.

밧사니오 앤토니오, 나는 내 목숨만큼이나 소중한

아내와 결혼했네.

그러나 이 목숨도, 내 아내도, 아니 온 세상도 280

내게 자네 목숨보다 더 소중하지는 않네.

자네를 구하기 위해서라면 이 모든 것을 잃어도 좋아,

아니, 그 모든 것을 저 악마에게 제물로 바치고 싶네.

포샤 당신 부인이 옆에서 그런 제안하는 걸 들었다면

별로 고마워하지 않았을 것 같군요.

그라쉬아노 나도 사랑하는 부인이 있습니다만,

그녀가 이 개 같은 유대인 놈의 마음을 바꿀 수 있는

신께 간청할 수 있게 죽어 하늘나라에 갔으면 좋겠습니다.

네리사 그런 제안은 부인이 안 듣는 데서 하는 게 좋을 겁니다.

안 그러면 그런 소망으로 인해 집안이 시끄러울 테니까요.

샤일록 (방백) 기독교도 남편들은 다 저 모양이라니까! 나도 딸이

있지만

기독교도보다는 바라바38의 후손을

남편으로 삼는 게 낫지!

시간을 낭비하고 있습니다. 그만 판결을 내려 주십시오.

포샤 저 상인의 살 1파운드는 당신 것이오.

본 법정이 그걸 허용하고 법이 그걸 허용하는 바요.

샤일록 참으로 정의로우신 재판관님!

포샤 그리고 당신은 그의 가슴에서 살을 떼어 내야 하오.

법이 그걸 허용하고 본 법정이 그걸 승인하는 바요.

샤일록 참으로 학식 높은 재판관님이시군! 판결이 내려졌으니, 각

---

38 바라바(Barrabas) : 예수가 십자가에 못 박혀 처형될 때 사면된 도적이다.

오해라.

포샤 잠깐 기다리시오, 아직 할 얘기가 더 있소.

이 차용 증서에 의하면 피는 한 방울도 흘려서는 안 되오.

"살 1파운드"라고만 쓰여 있으니까.

그러니 차용 증서대로 살 1파운드를 떼어 가되

살을 떼어 내면서 기독교인의   305

피 한 방울이라도 흘리면 당신의 땅과 재물이

베니스 법에 의해서 공국의 소유로

몰수될 것이오.

그라쉬아노   아, 공정하신 재판관님!

이 유대인 놈아. 들었느냐? 아, 학식이 높은 재판관님!

샤일록 그게 법입니까?

포샤   그대 눈으로 직접 법 조항을 보시오.   310

그대가 정의를 고집했으니 원하는 이상의

정의를 맛볼 것이요.

그라쉬아노   아, 학식 높은 재판관님! 들었느냐, 이 유대인 놈아.

학식 높은 재판관님.

샤일록 그럼 아까 그 제안을 받아들이겠소. — 원금의 세 배를 주

고 저 기독교인을 풀어 주시오.

밧사니오   자, 여기 있다.   315

포샤 가만히 계시오!

저 유대인이 받을 수 있는 건 오로지 정의의 심판뿐이오. 서두르

지 말고 가만히 계시오! 저자는 위약물 외에 아무것도 받을 수

없소.

그라쉬아노　오, 유대인 놈아, 과연 올곧은 재판관님이시군, 학식

높은 재판관님이셔!

320　**포샤**　그러니 실덩이를 떼어 낼 준비를 하시오.

피를 흘려서도 안 되고, 정확하게

1파운드의 살을 잘라 내시오. 정확히 1파운드보다

더 많거나 더 적게 떼어 내면

그 무게가 가볍건 무겁건,

325　　소량의 이십 분의 일이라도 무게가 다르면,

아니 저울추가 머리카락 하나의 무게라도

기울면, 당신은 죽임을 면치 못하고

당신 재산은 몰수될 것이오.

그라쉬아노　제2의 다니엘이 나타나셨군. 다니엘, 이 유대인 놈아!

330　　이 이교도 놈아, 넌 이제 제대로 걸렸어.

포샤　유대인은 왜 머뭇거리시오? 어서 위약물을 떼어 가시오.

샤일록　원금만 주고 날 보내 주시오.

밧사니오　여기 준비해 뒀다. 받아라.

포샤　저자는 이 공개 법정에서 그걸 거절했소.

335　　그는 오로지 정의와 차용 증서대로만 받을 수 있소.

그라쉬아노　다니엘이라니까, 제2의 다니엘!

그 이름을 가르쳐 줘서 고맙구나, 유대인.

샤일록　원금만 받는 것도 안 됩니까?

포샤　그대 목숨을 걸고 가져갈 거라곤

위약물 뿐이오, 유대인.　340

샤일록　그렇다면 그건 악마나 가져가라 하시오! 더 이상

여기서 왈가왈부하지 않겠소.

포샤　　　　　　　　　　　멈추시오, 유대인.

당신에게 적용할 또 다른 법조항이 있소.

베니스의 법에 규정되어 있기로

만약 외국인이 직접적이든 간접적이든　345

베니스 시민의 목숨을 노린 것이 증명되면,

그가 해하려고 한 상대방은

가해자의 재산 중 절반을

갖게 되고, 나머지 절반은

국고로 귀속하게 되어 있소.　350

또한 가해자의 목숨은 전적으로

공작의 처분에 달려 있소.

당신은 지금 이러한 곤경에 처해 있소.

지금까지 진행으로 판단해 볼 때

당신은 직간접적으로　355

피고의 목숨을 노렸기 때문에

내가 아까 설명한 그런 위험을

초래했으니 무릎 꿇어

공작님의 자비를 구하시오.

그라쉬아노 목매달아 죽을 수 있게 허락해 달라고 빌어.

그러나 네놈 재산이 공국에 몰수당해

밧줄 살 돈도 남지 않았으니

국비로 목을 매야겠네.

공작 우리의 정신은 다르다는 걸 보여 주기 위해

그대가 간청하기 전에 목숨은 살려 주겠다.

그대 재산의 절반은 앤토니오 몫이고,

나머지 절반은 공국에 귀속될 것이나

겸손한 태도를 보이면 그건 벌금형으로 감해 줄 수도 있다.

포샤 공국의 몫은 그리하셔도 되지만 앤토니오 몫은 안 됩니다.

샤일록 아니, 내 목숨이고 뭐고 다 가져가고, 사면도 필요 없

소. ─

내 집이 지탱하는 기둥을 빼 가면

내 집을 가져가는 것이요. 내가 살아가는 수단을

앗아가 버리면 내 목숨을 앗아가는 거요.

포샤 앤토니오, 당신은 저자에게 어떤 자비를 베풀어 줄 수 있소?

그라쉬아노 목매달 밧줄이나 공짜로 주고 다른 건 절대 안 돼.

앤토니오 공작님과 법정의 다른 모든 분들이 좋다면

그의 재산 절반에 대한 벌금형을 면제해 주어도

좋습니다. 나머지 절반은

제가 사용하고 있다가 저 사람이 죽으면

최근에 그의 딸을 훔쳐 간 양반에게

그것을 양도하는 조건으로 말입니다.

두 가지 조건이 더 있습니다. 하나는 이런 호의의 대가로

즉시 기독교로 개종하는 것이고,

다른 하나는 죽을 때 전 재산을

사위 로렌조와 딸에게 양도한다는 양도 증서를

이곳 법정에서 쓰는 것입니다.

공작 그리해야 할 것이다. 그렇지 않으면 조금 전에 선포했던

사면을 취소하겠다.

포샤 동의하시오, 유대인? 뭐라 하시겠소?

샤일록 좋습니다.

포샤   법정 서기는 양도 증서를 작성하라.

샤일록 제발 좀 가게 해주시오.

몸이 좋지 않습니다. 나중에 그 증서를 보내면

서명하겠습니다.

공작   가도 좋다만 서명은 반드시 해야 한다.

그라쉬아노 세례식에서는 당신의 대부가 두 사람일 테지만,

내가 재판관이라면 열 사람을 더해39

세례반40이 아니라 교수대로 보냈을 거다.   (샤일록 퇴장)

---

39 배심원을 말하는 것이다. 배심원은 12명으로 구성된다.
40 세례반 : 세례용 물을 담는 큰 돌 사발

공작 재판관, 우리 집에 가서 식사라도 같이합시다.

포샤 공작님, 대단히 황송합니다만

오늘 밤 파두아로 떠나야 해서

400 당장 출발해야 할 것 같습니다.

공작 시간 여유가 없다니 유감이오.

앤토니오, 이분께 감사를 드리시오.

당신은 이분께 큰 신세를 진 것 같소.

(공작과 그의 시종들 퇴장)

밧사니오 정말 훌륭하신 재판관님, 저와 제 친구는

405 재판관님의 지혜로 오늘 끔찍한 벌을

면했습니다. 그 대가로 유대인에게 갚으려 했던

삼천 두카트로 재판관님의 고마우신 노고에

답하고자 합니다.

앤토니오 덧붙여 평생 동안

410 은혜를 잊지 않겠습니다.

포샤 그렇게 만족들 하시니 보답받은 셈입니다.

나도 당신을 구해 내서 기쁘니

그것으로 이미 충분히 보상을 받았습니다.

저는 돈에 더 관심을 둔 적이 없습니다.

415 다시 만나게 되거든 알아보기나 해 주십시오.

잘 지내시길 바라며 그만 가 보겠습니다.

밧사니오 재판관님, 억지로라도 좀 더 붙들어야 하나, ―

보수가 아닌 감사의 표시로라도 뭘 좀 받아 주세요.

제발 두 가지만 부탁드립니다.

저희 제안을 거절하지 마시고 제 실례를 용서해 주십시오. 420

포샤 이처럼 강경하니 그리하지요.

그 장갑을 주시면, 호의를 생각해서 끼겠습니다.

그리고 우정의 징표로 이 반지를 받겠습니다.

손을 뒤로 빼지 마십시오. 다른 것은 받지 않을 테니

우정상 이걸 거절하진 않으시겠지요. 425

밧사니오 이 반지 말씀이십니까? 아니, 이건 너무 하찮은 것입니다.

부끄럽게 이런 걸 드릴 수는 없습니다.

포샤 이것 말고 다른 건 필요 없습니다.

지금 생각해 보니 이게 정말 마음에 드는군요.

밧사니오 이건 가치가 있다기보다는 의미가 있는 반지여서요. ― 430

포고문을 붙여서 베니스에서 가장 비싼

반지를 구해 드리겠습니다.

이건 부디 양해해 주십시오.

포샤 이제 보니 말로만 선심을 쓰는 분이군요.

먼저 나더러 요구하라고 해 놓고는, 거지처럼 청했다간 435

어떤 꼴을 당하는지 가르쳐 주는 것 같군요.

밧사니오 재판관님, 이 반지는 아내가 준 것인데

아내가 이걸 끼워 주며, 팔거나, 남에게 주거나

잃어버리지 않겠다고 맹세를 시켰습니다.

440 **포샤** 많은 사람들이 주기 싫으면 그런 변명을 하죠.

　 부인이 이상한 분이 아니라면

　 내가 이 반지를 받을 만한 일을 한 것을 알면

　 그걸 나한테 주었다고 해서 계속 노여워

　 하지는 않을 겁니다. 그럼 안녕히 계십시오.

(포샤와 네리사 퇴장)

445 **앤토니오** 이보게, 밧사니오. 저분께 그 반지를 주게나.

　 그의 공로와 내 우정을 합치면

　 자네 부인의 명령만큼의 가치는 되지 않는가.

　 밧사니오 그라쉬아노, 달려가서 그분을 따라잡아

　 이 반지를 드리고 가능하다면 그분을

450 　 앤토니오의 집으로 모셔오게. 자, 어서 가게.　 (그라쉬아노 퇴장)

　 자, 우리도 자네 집으로 곧장 가세.

　 그리고 내일 아침 일찍 함께 벨몬트로

　 날아가자고. 가세, 앤토니오.　　　　　　　　(퇴장)

제2장　베니스

포샤와 네리사 등장

포샤 그 유대인 집이 어딘지 물어서, 이 양도 증서에

서명을 받아 와. 우리는 오늘 밤 떠나서

남편들이 돌아오기 하루 전에 집에 가 있어야 해.

이 양도 증서를 보면 로렌조 님이 정말 좋아할 거야.

그라쉬아노 등장

그라쉬아노 재판관님, 따라잡아서 다행입니다.   5

밧사니오 님이 좀 더 생각해 보시더니

이 반지를 갖다 드리고, 식사를 같이하자고

요청 드리라고 했습니다.

포샤   그럴 수는 없소.

그러나 반지는 정말 고맙게 받겠으니

그분께 그리 전해 주시오. 다른 부탁이 있는데   10

내 젊은 서기에게 늙은 샤일록의 집 좀 알려 주시오.

그라쉬아노 그러겠습니다.

네리사   재판관님, 드릴 말씀이 있습니다.

(포샤에게 방백) 저도 영원히 간직하겠다고 맹세케 한

반지를 남편에게서 얻어 낼 수 있나 시험해 볼게요.

포샤 내가 장담하는데 얻어 낼걸. ―남편들이 반지를   15

남자들에게 주었다고 우겨대겠지.

그럼 우린 남편들에게 맞서 더 우기자고.

서둘러 가 봐, 내가 기다리는 장소는 알고 있지.

네리사 자, 나리, 그럼 유대인 집으로 좀 안내해 주시겠어요?

(퇴장)

제5막

윌리엄 호지스가 그린 〈베니스의 상인〉 5막 1장〉을 W. 지스가 수채화로 제작, 1807, 워싱턴, 폴저 셰익스피어 도서관

제1장 벨몬트

로렌조와 제시카 등장

로렌조　달빛이 참 밝군. 오늘 같은 밤,

　산들바람 나무에 살포시 입 맞추어도

　소리 없이 고요한 이런 밤에

　트로일러스[41]는 트로이 성벽에 올라

　크레시다가 잠들어 있는 그리스 진영을 향해서　　　　5

　영혼이 빠져나갈 듯 한숨지었지.

제시카　　　　　　　　　이런 밤에

---

41 트로일러스 : 트로이의 왕 프리아모스의 아들로 트로이 전쟁이 한창일 때 아름
　다운 여인 크레시다를 보고 첫눈에 반한다. 그렇지만 크레시다는 트로이를 배신
　하고 그리스 진영으로 넘어간 예언가 칼카스의 딸이었다. 그럼에도 불구하고 두
　사람은 사랑을 나눴으나 트로이의 중요한 장군이 포로로 잡히자 그리스의 칼카스
　가 그의 딸과 장군의 포로 교환을 제안해서 크레시다는 그리스 진영으로 가게
　된다. 그 뒤 크레시다는 그리스 군의 디오메데스와 사랑에 빠졌고, 트로일러스는
　이에 비탄에 빠진다.

티스비[42]는 두려운 마음으로 밤이슬을 밟고 가다

사자가 나타나기도 전에 그의 그림자를 보고

놀라서 도망갔지요.

로렌조　　　　이런 밤에

디도 여왕[43]은 손에 버들가지를 들고

황량한 바닷가에 서서 떠나는 님에게 손짓했지,

카르타고로 돌아오라고.

제시카　　　　이런 밤에

메데이아[44]는 늙은 시아버지 아이손을 회춘시킨

마법의 약초들을 모았지요.

로렌조　　　　　이런 밤에

---

42 티스비 : 티스비와 피라무스는 오비디우스의 『변신이야기』에 등장하는 비운의 연인이다. 부모의 반대로 사랑의 난관에 부딪힌 두 사람은 한밤중 비밀리에 만나기로 약속했는데 먼저 도착한 티스비가 사자를 보고 무서워 동굴로 뛰어가 숨는다. 그때 티스비가 떨구고 간 너울을 사자가 피 묻은 입으로 찢어 놓고 가는데 피라무스가 이 너울을 보고 티스비의 상황을 오해하여 절망한 나머지 자결한다. 나중에 약속 장소에 다시 도착한 티스비도 피라무스가 죽은 걸 보고 자결한다. 이들은 비운의 연인의 대명사가 되었고 『로미오와 줄리엣』이야기의 원형으로 여겨진다.

43 디도 : 아프리카 북부 해안에 있는 도시인 카르타고의 전설적 여왕이다. 카르타고 건설에 도움을 준 아에네아스와 사랑에 빠졌으나 아에네아스는 신들의 재촉으로 로마를 건설하러 카르타고를 떠난다. 그녀는 사랑의 배신에 절망하여 자살한다.

44 메데이아 : 콜키스의 공주로 마녀이다. 이아손과 아르고 호 원정대가 황금 양털을 찾아 콜키스에 왔을 때 그녀는 마법의 힘으로 그를 도와준 뒤 이아손과 결혼한다. 마법의 약초를 모아 시아버지이자 이아손의 아버지인 아이손을 회춘시킨 이야기가 유명하다. 하지만 나중에 이아손이 크레온 왕의 딸과 결혼하려고 메데이아를 버리자 크레온 왕의 딸을 마법의 옷으로 죽이고 자기 두 아들을 죽여 이아손이 그것을 먹게 하여 복수한다.

제시카는 돈 많은 유대인에게서 도망쳐 15

가난한 연인과 함께 베니스에서

이 먼 벨몬트까지 도망 왔지.

제시카   이런 밤에

젊은 로렌조는 그녀를 아주 사랑한다고 맹세하고

수많은 맹세로 그녀의 영혼을 훔쳤지만

진실한 맹세는 하나도 없었지.

로렌조   이런 밤에 20

귀여운 말괄량이같이 아름다운 제시카는

연인을 중상모략 했지만, 그 연인은 그녀를 용서했지.

제시카 아무도 오지 않았다면, 밤새 이 말놀이에서 지지 않을 텐데,

들어 봐요, 발자국 소리가 나요.

전령 스테파노 등장

로렌조 이 고요한 밤중에 그리 급히 오는 자 누구요? 25

스테파노 친구입니다.

로렌조 친구라고! 어떤 친구? 이름을 대보게, 친구.

스테파노 제 이름은 스테파노이고, 주인아씨가

날이 밝기 전에 이곳 벨몬트에 도착할 거라는

전갈을 가져왔습니다. —아씨는 오시는 길에 성스러운 30

십자가를 보고 잠시 멈춰 행복한 결혼 생활을 위해

무릎 꿇고 기도하고 계십니다.

로렌조   누구하고 오시나?

스테파노   수도사 한 분과 시녀뿐입니다.

그런데, 주인 나리는 돌아오셨나요?

35   **로렌조**   아직 오지 않았고 아무 전갈도 없었소 ─

제시카, 우리 들어가서

안주인이 집에 돌아오시는 걸

환영하는 행사를 준비합시다.

광대 랜슬롯 등장

랜슬롯   헤요, 헤요! 헤, 헤이요! 헤요, 헤요!

40   **로렌조**   누가 부르지?

랜슬롯   헤이! 로렌조 나리 못 보셨어요? 로렌조 나리!

헤이, 헤이!

로렌조   이봐, 소리 좀 그만 질러! 여기 있다!

랜슬롯   헤요! 어디요, 어디?

45   **로렌조**   여기!

랜슬롯   로렌조 나리께 주인 나리한테서 전령이 왔는데, 풍요의 뿔

속에 기쁜 소식을 잔뜩 가져왔다고 전해 주세요 ─ 주인 나리는

아침이 되기 전에 도착하신대요.

로렌조   사랑하는 제시카, 들어가서 그들이 오길 기다립시다.

아니 상관없겠네. 꼭 들어갈 필요가 있나?   50

이보게, 스테파노, 집 안에 들어가서

안주인이 곧 오실 거라고 알리고,

악기를 가지고 이리 나오게.   (스테파노 퇴장)

달빛이 이 둑에 고요히 잠들어 있군!

여기 앉아서 귓가에 스며드는   55

음악 소리나 들읍시다. 고요함과 밤은

감미롭고 조화로운 선율과 잘 어울리지.

제시카, 앉아요. 반짝이는 황금빛 접시들45이

하늘 가득 총총히 새겨져 있는 걸 보시오.

눈에 보이는 아무리 작은 별도   60

천사처럼 노래를 부르며 궤도를 돌면서

어린 눈동자의 천사들에게 그 음악을 들려준다오.

불멸의 영혼에는 그런 화음이 있지만

썩어 없어질 진흙 같은 육체의 옷이

영혼을 감싸고 있는 한, 우린 그 소리를 들을 수 없다오.   65

악사들 등장

자, 이리들 오게! 아름다운 노래로 디아나 여신을 깨워 주게.

---

45 황금빛 접시들 : 별을 뜻한다.

가장 감미로운 가락을 연주해서 안주인이

그 음악 소리를 듣고 집으로 돌아오시게 하게. (음악이 연주된다)

제시카 아름다운 음악을 들어도 난 즐겁지 않아요.

70 **로렌조** 그건 당신 마음이 딴 데 신경을 쓰고 있기 때문이오.

거칠게 뛰노는 수 떼나

길들지 않은 망아지 무리들을 보면

그놈들의 피가 뜨겁기 때문에

미친 듯이 날뛰고, 큰소리로 히힝거리고 울다가도

75 나팔 소리를 듣거나,

아님 어떤 음악 소리라도 귀에 들리면

다들 한꺼번에 멈춰 서서

달콤한 음악의 힘에 의해 그들의 사납던 눈이

온화한 눈빛으로 변하는 것을 보게 되오. 그래서 시인46은

80 오르페우스47가 나무와 돌과 강물도 홀렸다고 쓴 것이오.

아무리 고집스럽고, 메마르고, 사나운 것도

한동안 음악을 듣고 천성이 바뀌지 않는 것은 하나도 없기에

마음속에 음악이 없거나

아름다운 소리의 조화에 감동하지 않는 사람은

---

46 시인 : 『변신이야기』에서 오르페우스 이야기를 쓴 오비디우스를 가리킨다.
47 오르페우스 : 오비디우스의 묘사에 의하면 신과 같은 음악적 재능을 지닌 오르
    페우스에게 아폴론은 그의 첫 번째 리라를 주었으며, 그의 노래와 연주가 너무
    아름다워서 동물들뿐 아니라 나무와 바위들, 강물까지도 춤을 추었다고 한다.

반역과 계략과 약탈에나 어울리는 자요,   85

그런 사람의 정신의 움직임은 밤처럼 둔하고

그런 자의 감정은 지옥의 에레보스48처럼 시커멓지.

그러니 그런 사람은 믿지 마시오. ― 음악 소리를 들어 봐요.

포샤와 네리사 등장

포샤 우리가 보는 저 불빛은 우리 응접실에 켜 놓은 거구나.

조그만 촛불이 멀리도 비추는구나!   90

사악한 세상에선 선행도 그렇게 빛나지.

네리사 달빛이 밝게 비출 땐 촛불이 보이지 않죠.

포샤 그와 마찬가지로 큰 영광은 작은 영광을 희미하게 하지.

왕이 곁에 올 때까지는 왕의 대리인이

밝게 빛나지만, 왕이 오면 마치 내륙의 강물이   95

바다로 흘러가 버리듯, 그의 영광은

다 사라져 버리지. ― 저 음악 소리를 들어 봐!

네리사 우리 악사들이 연주하는 음악이네요.

포샤 내가 보기에 모든 것은 환경이 잘 맞춰 줘야 좋은 것 같아.

낮보다도 훨씬 감미롭게 들리는 것 같아.   100

---

48 에레보스 : 그리스 신화에 나오는 암흑을 의인화한 신이다. 또 하데스가 저승을 두
   부분으로 나누어 죽은 자들이 처음 도착하여 잠시 지나가는 곳은 에레보스, 티탄
   등을 감금한 더 깊은 곳의 지옥은 타르타로스라 불렀다고도 한다.

네리사 고요하니 더 아름답게 들려요, 아씨.

포샤 아무 소리도 들리지 않을 때는 까마귀 울음소리도

종달새 소리처럼 달콤하지. 그리고 거위들이

꽥꽥거리는 낮에 나이팅게일이 노래하면,

105 굴뚝새보다 더 노래를 잘한다고

생각되진 않을 거야.

얼마나 많은 것들이 때를 맞춰야 제대로 평가받고

정말 완벽해지는지!

쉿! 달님이 애인 엔디미온[49]과 자고 있으니

깨우지 말자!   (음악이 멈춘다.)

110 **로렌조**   내가 잘못 들은 게 아니라면

저건 분명 포샤 아씨 목소린데!

포샤 소경이 뻐꾸기 알아보듯 나쁜 목소리 때문에

금방 알아들으시네요.

로렌조   부인, 어서 오십시오!

포샤 우린 남편들의 안녕을 기원하는 기도를 하고 왔어요.

115 우리의 기도 덕분에 남편들에게 좋은 일이 있기를 바라요.

돌아들 오셨나요?

로렌조   아직입니다, 부인.

---

49 엔디미온 : 제시카와 로렌조를 비유한 것으로, 달의 여신 셀레네는 달빛에 잠들
 어 있는 미소년 엔디미온을 사랑하여 영원히 잠들게 한 뒤 두 사람 사이에서 딸
 50명을 낳았다고 한다.

하지만 조금 전에 돌아오고 계시다는

전갈이 왔습니다.

포샤　　　　　　네리사, 들어가자.

우리가 집을 비웠다는 사실을 절대

내색하지 말라고 하인들에게 일러.　　　　　　　　　　120

로렌조 님이랑 제시카도요.　　　　　　　　　(나팔 소리)

로렌조　주인께서 거의 오신 것 같습니다. 나팔 소리가 들렸어요.—

우린 입이 가볍지 않으니 염려하지 마세요, 부인.

포샤　오늘 밤은 꼭 병든 낮같구나.

좀 더 창백해 보여. 태양이 숨어 버린　　　　　　　　125

그런 낮같아.

밧사니오, 앤토니오, 그라쉬아노 및 그들의 일행 등장

밧사니오　태양이 숨는 밤이라도 당신만 걸어 다니면,

지구 맞은편처럼 이곳도 낮이요.

포샤　빛은 발하더라도 가볍지는 않고 싶어요.[50]

아내가 가벼우면 남편 마음을 무겁게 하니까요.　　　　130

밧사니오 님이 저 때문에 그래서는 더욱 안 되죠.

---

50 light란 단어가 지닌 두 가지 의미 '빛'이란 뜻과 '가벼운'이란 뜻을 이용한 말장
난이다. 그리고 여기서 가볍다는 것은 '정조가 없다'는 뜻이다.

그러나 만사는 하나님의 뜻! 서방님, 어서 오세요.

밧사니오 고맙소, 부인. ─내 친구도 환영해 주시오.

이 사람이 바로 내가 무한히 신세지고 있는

135 바로 그 사람, 앤토니오요.

포샤 당신은 이분에게 몸신양면으로 신세를 갚아야 해요.

제가 듣기로는 이분이 당신 때문에 큰 곤경을 당하셨다면서요.

앤토니오 다 잘 해결됐습니다.

포샤 저희 집에 정말 잘 오셨습니다.

140 말이 아닌 다른 방식으로 환영을 표해야 될 것 같으니

말로만 하는 인사치레는 짧게 하겠습니다.

그라쉬아노 (네리사에게) 저 달에 맹세코 당신 정말 너무하는군!

정말로 판사의 서기에게 주었다니까.

당신이 그것을 그렇게 심각하게 생각하니

145 그걸 가져간 자가 고자였음 좋겠소.

포샤 아니 벌써 싸워요! 무슨 일이에요?

그라쉬아노 금반지 하나 때문이에요. 네리사가 내게 준

그저 그런 반지인데, 거기에는 칼 장수가

칼에 새겨 넣는 것같이 글귀가 새겨져 있었죠.

150 "나를 사랑하고 내 곁을 떠나지 마세요."라고.

네리사 글귀나 가치에 대해선 굳이 왜 얘기해요?

그걸 드렸을 때 맹세했잖아요,

죽을 때까지 끼고 있고

무덤 속까지 끼고 갈 거라고.

나를 위해서가 아니라 당신의 그 격렬한 맹세를 155

지키기 위해서 소중히 간직했어야죠.

재판관의 서기한테 주었다고요! 아니, 하나님에 걸고

그걸 가져간 서기는 평생 얼굴에 털이 나지 않을 거예요.

그라쉬아노 그가 자라서 어른이 되면 날 거요.

네리사 여자가 자라서 남자가 된다면 그렇겠죠. 160

그라쉬아노 이 손에 맹세코 수고비로 그걸 달라고

조잘거린 애송이 같은 젊은 애,

키가 당신 정도밖에 되지 않는

왜소한 꼬마 서기한테 그걸 주었소.

차마 거절할 수가 없어서. 165

포샤 제가 좀 솔직히 말해 그라쉬아노 님이 잘못하셨네요.

부인이 준 첫 선물을 그리 쉽게 주어 버리셨다니.

맹세까지 하고 신의의 표시로

손가락에 낀 건데.

저도 남편에게 반지를 드리며 절대로 빼지 않겠다는 170

맹세를 받았어요. 여기 계시지만

감히 그분 대신 맹세하겠어요. 온 세상의 부를 다 주어도

그분은 절대로 그 반지를 남에게 주거나

손가락에서 빼내지 않을 거라고 말이에요. 정말이지,

그라쉬아노 님, 부인을 너무 슬프게 만드셨어요. 175

나에게 이런 일이 일어났다면 난 미쳐 버렸을 거예요.

밧사니오 (방백) 아, 내 왼손을 잘라 버리고, 반지를 지키려다

잃었다고 말할 수 있다면!

그라쉬아노 밧사니오 경도 반지를 달라고 조르는 재판관에게

180 반지를 주었어요. 그런데 그는 정말 그걸 달라고

할 만했다니까요. 그러자 기록하느라 수고 좀 한

꼬마 서기가 내 반지를 달라고 졸랐어요.

서기도 판사도 둘 다 반지 외엔 아무것도

받지 않으려 했다구요.

포샤   서방님, 무슨 반지를 주셨어요?

185 설마 제가 드린 반지는 아니죠?

밧사니오 잘못을 저지르고 거짓말까지 할 수 있다면

부정하고 싶소만, 보다시피 내 손가락에는

반지가 없소. 사라져 버렸소.

포샤 당신의 거짓된 마음도 그처럼 사라졌군요.

190 하늘에 맹세코 반지를 볼 때까지는

당신 침대에 들지 않겠어요.

네리사   저도 반지를 볼 때까지

당신 침대에 들지 않을 거예요.

밧사니오   사랑하는 포샤,

내가 누구에게 그 반지를 주었는지,

누구를 위해 그 반지를 주었는지 당신이 알면

또 무슨 이유로 반지를 주었는지,   195

그 반지 말고는 아무것도 받지 않겠다고 고집을 피우는 통에

얼마나 마지못해 반지를 뺏는지 당신이 생각해 보면,

당신의 노여움이 좀 가라앉을 것이오.

포샤 당신이 그 반지의 가치를 아시고

아니 그 반지를 드린 여자의 가치 절반만 아셨다면,   200

아니 그 반지를 간직하는 게 얼마나 명예로운 일인지 아셨다면,

그 반지를 그렇게 빼 버리지 않으셨을 겁니다.

만일 당신이 그것을 열심히 지키려 하셨다면

기념으로 간직한 것을 달라고 할 정도로

그렇게 몰지각한 사람이 어디 있겠어요?   205

네리사 말이 맞는 것 같네요.

목숨 걸고 맹세하는데 분명 어떤 여자가 가져간 거예요!

밧사니오 내 명예를 걸고, 아니 내 영혼에 걸고

절대 아니오, 포샤. 여자가 아니라

예의바른 법학 박사가 가져갔어요.   210

그자는 삼천 두카트를 준다 해도 거절하고

반지만 달라고 했소. 그걸 내가 거절하자

몹시 기분이 상해 가 버렸소. 내 소중한 친구의

목숨을 구해 준 그 사람이 말이요.

부인, 내가 뭐라고 말해야겠소?   215

나는 그를 뒤쫓아 가 반지를 주게 할 수밖에 없었소.

수치심과 예의범절에 괴로웠기 때문이오.

배은망덕으로 내 명예를 더럽힐 수는

없었소. 용서해 주시오, 부인.

220   밤하늘의 축복받은 이 별들에 맹세코

당신이 거기 있었다면 당신도 그 훌륭한 박사에게

반지를 주라고 졸랐을 거요.

포샤 그 박사를 우리 집 근처에 얼씬도 못 하게 하세요. —

내가 아끼고 당신이 나를 위해 간직하겠다고 맹세한

225   그 반지를 그가 가져갔으니,

저도 당신처럼 후하게 인심을 쓸 거예요.

그자가 원하면 제 몸도, 남편의 침실도

뭐든지 다 주겠어요.

단언하건대 그 사람과 잘 통할 것 같아요.

230   하루저녁이라도 집을 비우지 마세요. 아르고스51처럼

저를 감시하세요. 그렇지 않고 저 혼자 두면

아직은 제 것인 제 정조를 걸고 말씀드리지만

그 박사와 같이 잘 거예요.

네리사 저도 그의 서기와 그럴 거예요. 그러니 내가 알아서

235   나를 지키게 놔둬도 될지 잘 생각해 보세요.

---

51 아르고스 : 그리스 신화에 나오는 백 개의 눈을 가진 거인으로 헤라 여신의 명
령으로 제우스의 연인인 이오를 감시했다.

그라쉬아노 뭐 그래 보구려. 그렇지만 나한테 들키는 날에는

그 젊은 서기의 펜52을 분질러 버릴 테니.

앤토니오 나 때문에 이런 분쟁이 일어났군요.

포샤 너무 속상해하지 마세요. 어쨌든 잘 오셨습니다.

밧사니오 포샤, 피치 못해 저지른 내 잘못을 용서해 주시오.   240

이 많은 친구들이 듣는 데서

맹세하겠소. 아니, 내 모습을 비추고 있는

당신의 아름다운 두 눈에 걸고 맹세하는데 ―

포샤   저 말 들어 보세요.

내 두 눈에 비친 두 개의 자기 모습에 걸고 맹세한답니다.

한 눈에 하나씩, 두 개의 자신에 대고 맹세하다니   245

참 믿음직한 맹세네요!

밧사니오   아니, 좀 들어 봐요.

이번 잘못을 용서해 주면, 내 영혼에 맹세코

다시는 당신과 한 약속을 어기지 않겠소.

앤토니오 난 저번에 부군에게 돈을 빌려 주기 위해 몸을 저당잡혔

습니다.

그의 반지를 가져간 그 사람이 아니었다면   250

이 몸은 사라졌을 겁니다. 이번엔 내 영혼을 담보로

---

52 펜 : 서기가 기록할 때 사용하는 펜을 말하기도 하지만 남성 성기(penice)를 뜻
하기도 한다.

보증을 설까 합니다. 부군이 다시는 고의로

약속을 어기는 일이 없을 거라고.

포샤 그렇다면 남편의 보증인이 되어 주세요. 그이에게

이걸 주고, 저번 것보다 더 잘 간수하라고 이르세요.

앤토니오 밧사니오, 반게. 이 반지를 잘 간직하겠다고 맹세하게.

밧사니오 세상에, 이건 내가 그 박사에게 준 반지잖아!

포샤 그 박사에게서 받았어요. 용서하세요, 밧사니오.

이 반지의 대가로 그 박사와 같이 잤어요.

네리사 저도 용서하세요, 너그러운 그라쉬아노.

이 반지의 대가로 박사의 서기인

그 땅꼬마와 어젯밤 같이 잤어요.

그라쉬아노 아니 이거야말로 한여름에

멀쩡한 도로를 고치는 격이군!

아니 우리가 아무 잘못도 없이 오쟁이 졌단53 말이야?

포샤 그렇게 천박하게 말하지 마세요. 여러분들 모두 놀라셨죠.

여기 편지가 있으니 한가할 때에 읽어 보세요.

파두아의 벨라리오 박사가 보낸 거예요.

이 편지를 읽어 보시면 포샤가 바로 그 법학 박사이고

여기 있는 네리사가 그의 서기였다는 걸 아실 거예요.

로렌조 님이 여러분이 떠나자마자 저희도 바로 집을 비웠다가

---

53 오쟁이 지다 : 아내가 다른 남자와 정을 통했다는 뜻이다.

방금 돌아왔다는 걸 증명해 주실 거예요. 저도 아직

집에 들어가지도 않았어요. 앤토니오 님, 잘 오셨습니다.

생각지도 못하셨을 좋은 소식을

가지고 왔습니다. 이 편지를 빨리 뜯어보세요. 275

읽어 보시면 아시겠지만 앤토니오 님의 상선 세 척이

화물을 가득 싣고 갑자기 항구로 돌아왔답니다.

어떻게 우연히 이 편지를 손에 넣게 되었는지는

설명 드리지 않겠습니다.

앤토니오   할 말이 없군요!

밧사니오 당신이 그 법학 박사인데 내가 몰랐단 말이요? 280

그라쉬아노 당신이 나를 오쟁이 지게 만든 그 서기란 말이요?

네리사 네, 그래요. 그러나 자라서 남자로 변하지 않는 이상

그 서기는 당신을 오쟁이 지게 할 마음이 없어요.

밧사니오 아름다운 박사님, 당신을 침대 친구로 삼겠소.

내가 집을 비우면 내 아내와 동침하시오. 285

앤토니오 아름다운 부인, 당신은 제게 생명도, 생계도

주셨습니다. 이 편지를 읽어 보니 정말 내 배들이 무사히

귀항했군요.

포샤   자 이번엔, 로렌조 님,

내 서기가 당신에게도 좋은 위안거리를 가져왔어요.

네리사 맞아요. 수고비도 안 받고 드릴게요. 290

그 부자 유대인이 당신과 제시카에게 자신이 죽은 후에

전 재산을 양도한다는 양도 증서입니다.

로렌조　아름다운 부인들이여, 두 분은 굶주린 백성이 가는 길에
만나54를 내려 주시는군요.

295　**포샤**　　　　　　　　동틀 녘이 다 되었네요.
그러나 아직 충분하게 이 사건에 대해서
납득을 못 하셨을 거예요. 안으로 들어가셔서
저희들에게 자세히 심문하세요.
그러면 모든 것을 사실대로 답변하겠습니다.

300　**그라쉬아노**　그럽시다. 네리사가 서약을 하고 답변할
첫 번째 심문은 그녀가 내일 저녁까지 기다릴 것인지,
아니면 아직 동이 트려면 두 시간이 남았으니
지금 잠자리에 들 것인지 하는 겁니다.
그러나 날이 밝는다 해도 내가 박사의 서기와
305　잠자리에 들기 전까지는 어둡기를 바라야겠습니다.
아무튼 내가 살아 있는 동안 네리사의 반지를
안전하게 지키는 일만큼 힘든 일은 없을 것 같군요.　　　(퇴장)

----

54 만나 : 옛 이스라엘 사람들이 신에게서 받은 음식

『베니스의 상인』을 읽고 나서

　채무를 갚지 못한 채무자에게서 차용 증서에 적혀 있는 대로 1파운드의 살을 떼어 내겠다고 고집한 유대인 이야기는 설사 그것이 셰익스피어의 작품인지는 모르더라도, 누구나 익히 들어 알고 있는 이야기일 것입니다. 또한 "반짝이는 것이 다 금은 아니다." 란 경구가 『베니스의 상인』에서 나온 대사인지는 몰라도, 누구나 알고 있는 명언일 것입니다. 또 전체 극의 내용은 몰라도 인육 재판을 벌인 냉혈적인 유대인 샤일록에 대해서는 들어 본 적이 있으실 겁니다.

　이렇듯 세계 문학 사상 가장 유명한 등장인물과 많은 이들의 머릿속에서 영원히 지워지지 않는 극적 사건을 탄생시킨 이 극을 지금 읽어 보셨습니다. 여러분 나름의 소감이 있겠지만 그와 함께 다음 질문들에 대해 생각해 보세요. 좀 더 깊이 있게 극을 생각해 볼 수 있을 겁니다.

1. 이 극은 낭만 희극인가, 문제극인가?

2. 이 극의 두 장소 베니스와 벨몬트는 어떻게 대비되는가?

3. 이 극의 등장인물들에 대해 어떤 인상을 받았는가?

4. 극 초반에 앤토니오는 왜 우울했을까?

5. 함 고르기의 의미는 무엇일까?

6. 남장(男裝)한 포샤가 베니스 법정에서 활약하는 것에 대해 어떻
   게 생각하는가?

7. 이 극에서 정의와 자비의 대립은 무엇을 상징할까?

8. 포샤의 판결은 과연 법적으로 공정할까?

9. 샤일록의 패배를 그린 셰익스피어는 반유대주의자인가?

10. 포샤와 네리사의 반지 소동은 어떤 의미를 지닐까?

1. 작품 구성의 특징

 『베니스의 상인』은 밧사니오와 포샤의 낭만적인 사랑 이야기와 앤토니오와 샤일록의 비정한 법정 이야기가 교묘하게 엮여 있는 희극이다. 그래서 이 작품은 남녀 간의 사랑이 주제인 낭만 희극으로 분류되기도 하고, 정의와 법, 종교 등 어두운 주제를 다루는 문제극으로 분류되기도 한다. 극의 배경도 냉엄한 생존 경쟁이 벌어지는 상업 도시 베니스와, 사랑과 낭만의 섬 벨몬트로 나누어져 있다.

달빛이 아름답게 비치는 가운데 아름다운 음악이 연주되는 서정적인 분위기에서 사랑하는 연인 로렌조와 제시카가 나누는 사랑의 대화로 시작하는 5막은 이 극을 낭만 희극으로 만들어 주는데 결정적인 역할을 한다. 이 막에서 샤일록을 제외한 거의 모든 등장인물들이 은총을 받는다.

포샤는 마치 신의 전령처럼 모든 이들에게 반가운 선물을 가지고 돌아온다. 우선 포샤는 앤토니오에게 바다에서 파선된 것으로 알려진 앤토니오의 상선 세 척이 짐을 가득 싣고 입항하고 있다는 반가운 소식을 담은 편지를 전해 준다. 또한 로렌조와 제시카에게는 사후에 자신의 재산을 양도한다는 샤일록의 양도 증서를 갖다 준다. 모든 갈등과 상처가 치유되는 초록 세계에 해당하는 벨몬트에서 앤토니오를 제외한 대부분의 주요 인물들이 사랑하는 사람과 행복한 결합을 한다.

이런 해피 엔딩과 젊은 남녀들의 사랑의 결합을 중심으로 볼 때 이 극은 전형적인 낭만 희극이 된다.

하지만 베니스는 벨몬트와 분위기가 아주 다르다. 그곳은 법, 물질주의, 종교 등 무거운 주제의 갈등들이 존재하는 냉혹한 현실 세계이다. 물욕과 복수심에 불타는 샤일록의 계략과 그로 인한 앤토니오의 파멸 위기는 이 극의 분위기를 대단히 어둡게 만든다. 극 말에 대부분의 등장인물들이 행복한 결말을 맞이하는데 비해, 샤일록은 소외와 고통 속에 남겨진다. 이렇게 소외된 샤일록은 극의 행복한 결말에 길고 어두운 그림자를 드리운다.

작가는 이 작품에서 '샤일록 재판에서 기독교인들이 주장한 자비가 진정 구현되었는가?', '밧사니오는 진정 포샤를 사랑하는가? 아니면 그녀의 재산을 사랑하는가?' 등 해결되지 않은 많은 문제들을 남기고 있다. 이렇게 서로 다른 분위기의 결합 때문에 이 극은 장르가 모호해지고, 그로 인해 어떤 비평가는 낭만 희극으로, 또 어떤 비평가는 문제극으로 분류한다.

2. 작품 속의 주요 인물 분석

 셰익스피어는 이 극에서 포샤라는 여걸과 수전노 유대인 사일록이라는, 유명한 문학 속 인물을 탄생시켰다. 그런데 재미있게도 셰익스피어는 이 극의 주요 등장인물마다 긍정적인 면과 부정적인 면을 함께 부여했다. 유대인 샤일록뿐만 아니라 기독교인들에 대해서도 저마다 부정적 면모를 부여함으로써 그의 시각이 어느 한쪽에 치우치지 않고 균형을 이루고 있음을 보여 준다. 이렇게 셰익스피어의 인물 묘사는 단편적이고 일차원적이지 않다. 그의 인물들은 항상 복잡하고 섬세한 면을 지니고 있다. 이 극에서도 마찬가지다.

앤토니오

앤토니오는 작품 제목의 타이틀 롤을 맡고 있는 인물로서 해상 무역을 하는 베니스의 거상이다. 그는 인정이 많고 관대하여 형편이 궁해 그를 찾아오는 사람들에게 이자 없이 돈을 빌려 주곤 한다. 그로인해 앤토니오는 베니스 사람들로부터 존경과 사랑을 받는다. 특히 그는 밧사니오에게 조건 없는 무한한 사랑을 베푼다. 그런 사랑으로 인해 자신에게 원한을 품고 있는 유대인으로부터 명목상은 살 1파운드이지만, 실제로는 생명을 담보로 돈을 빌려 위험에 처한다.

그런데 셰익스피어는 베니스 사람들에게 이처럼 자애로운 성품으로 존경을 한 몸에 받고 있는 앤토니오가 샤일록에게만은 지나치게 잔인한 것으로 묘사하고 있다. 샤일록의 오랜 원한은 앤토니오가 샤일록이 유대인 고리대금업자라는 이유로 그를 개라고 부른다거나, 그의 옷에 침을 뱉는다거나, 발길질을 한다거나 했던 일련의 행위 때문이다. 이를 통해 셰익스피어는 샤일록이 앤토니오에게 보이는 잔인한 악의에 어느 정도 타당성을 부여한다.

샤일록

셰익스피어가 그려 낸 샤일록은 우선 재물의 노예가 된 수전노의 모습이다. 그래서 샤일록은 오늘날에도 탐욕스런 수전노 유대인의 이미지를 대표하는 대명사로 사용되고 있다. 하지만 샤일록을 세계 문학사상 가장 유명한 등장인물로 만들어 준 것은 채무 증서에 따라 채무인 앤토니오의 살 1파운드를 베고야 말겠다고 집요하게 계약 이행을 요구하는 인육 재판이다. 그런 잔인함에 작품 속 여러 인물들이 그를 개, 늑대, 악마 등으로 부르며 비판한다.

또한 하인 랜슬롯이 굶주림에 그의 곁을 떠나거나 딸 제시카조차도 그의 딸임을 부끄러워하는 모습, 또한 딸이 금은보화를 갖고 도망갔을 때 딸의 안위나 행방보다는 잃어버린 재물에 절망하는 샤일록의 모습에 그의 탐욕과 물질주의적 속성이 담겨 있다. 이렇게 딸과 하인마저 그를 버리고 떠남으로써 샤일록은 기독교 사회에서 소외된 존재가 된다. 그리고 딸이 금은보화를 훔쳐 기독교도와 달아난 것이 샤일록의 심사를 건드려 그가 더욱 냉혈적으로 앤토니오의 살을 요구하게 만든다.

앞에서도 언급했지만 샤일록은 앤토니오에 대해 오랫동안 깊은 원한을 갖고 있었다. 이런 앤토니오에게 샤일록은 합법적으로 복수하고자 한다. 법학자 안경환은 법의 역사를 복수의 이성화 과정이고, 사적 복수에서 공적 복수로, 물리적인 직접 복수에서 제도를 통한 간접 복수로 형식과 절차가 변한 것이 근대화라고 주장하면서, 이렇게 법을 통해 복수하고자 하는 샤일록을 근대성을 상징하는 인물이라고 평했다.

앤토니오의 모욕적 언사와 행동뿐만 아니라 기독교도들에 의해 오랫동안 행해진 유대인 탄압을 비난하는 샤일록의 긴 대사에는 인간적인 분노가 강렬하게 담겨 있어 관객의 공감을 끌어낸다. 이렇게 셰익스피어는 샤일록에게 항변의 목소리를 부여하여 그의 잔인한 행동의 원인 제공이 바로 유대인들을 경멸하고 탄압한 기독교 사회임을 역설함으로써 일방적으로 그를 악으로 볼 수 없게 만든다. 이런 셰익스피어의 묘사 덕분에 최근에는 타자에 대한 관심이 높아지면서 샤일록은 오히려 핍박받는 타자의 입장을 대변하는 인물이 되었다.

포샤

이 극에서 포샤는 극의 사건 발단의 원인을 제공하는 사람이기도 하고, 그 사건을 해결하는 해결사이기도 하다. 또한 극을 주도적으로 끌어가면서 많은 남성들을 좌지우지하는 힘을 행사하기도 한다. 대체로 희극에서 여성 인물이 남성 인물들보다 지혜롭고 현명한 인간상으로 제시되어 있긴 하지만 포샤는 그 중에서도 유독 이상적으로 그려지고 있다.

셰익스피어는 다른 등장인물들의 입을 통해 포샤를 신적인 존재로 이상화하여 묘사한다. 실제로 그녀는 앤토니오가 위기에 처했을 때 돈주머니를 밧사니오에게 건네주면서 그를 구하기 위해 필요한 돈은 얼마든지 쓰라고 말하는 관대함을 보여 준다. 뿐만 아니라 본인이 직접 법정에 나가 현명한 기지를 발휘하여 앤토니오를 구해 낸다.

셰익스피어는 이렇게 포샤란 인물에 자비로움이라는 미덕뿐만 아니라 갈등을 해결하고 질서를 바로잡는 구원자의 역할까지 부여하고 있다. 많은 등장인물들에게 포샤는 목마른 자에게 감미로운 이슬을 내려 주는 신 같은 존재로 여겨진다.

그런데 이런 포샤가 함 고르기 선택에 실패한 모로코 군주가 떠나자 "저런 피부색을 지닌 자들은 다 그처럼 고르기를……(2막 7장 79행)"이라는 대단히 인종 차별적인 대사를 한다. 앤토니오와 마찬가지로 포샤도 기독교 사회에서는 꽤 인정 많고 자애로운 인물이라는 평판을 누리지만, 이런 인종 차별적 언사를 하게 함으로써 셰익스피어는 다시 한 번 기독교 사회가 이교도, 타민족 등 타자에 대해 얼마나 배타적인지를 보여 준다.

밧사니오

　샤일록이 지독한 수전노인데 반해, 젊은 귀족 밧사니오는 지나치게 방탕하고 사치스런 생활을 함으로써 두 사람의 생활 방식은 극단적으로 대비되고 있다. 밧사니오는 이미 앤토니오에게 많은 빚을 지고 있으나 자신의 표현처럼 "미약한 수입으로는 끌어가기 힘든" 사치스런 생활을 영위하고 있다. 친구를 담보로 빚을 냈음에도 벨몬트로 떠나기 전날에도 잔치를 열어 샤일록을 비롯한 사람들을 초대하는가 하면, 샤일록에게서 떠나 자신의 하인으로 들어온 랜슬롯에게 멋진 새 옷을 주는 등 호기를 부린다. 지극히 검소한 생활을 영위하는 샤일록은 이런 밧사니오의 흥청대는 생활을 경멸한다.

　이렇듯 방탕한 생활로 경제적 어려움을 겪고 있는 밧사니오는 경제 문제를 해결하고자 돈 많은 상속녀 포샤에게 청혼 모험을 떠나려 한다. 셰익스피어는 밧사니오가 정말 포샤를 사랑하여 청혼을 하러 가는가, 아니면 그녀의 재산이 탐나서인가를 아주 모호하게 제시하고 있다. 그리고 이 청혼 모험의 경비를 마련하고자 친구 앤토니오로 하여금 자신에 대해 대단히 반감을 지니고 있는 유대인 고리대금업자 샤일록에게 인육을 담보로 돈을 빌리게 한다. 이렇게 셰익스피어는 밧사니오라는 인물을 그다지 긍정적으로 묘사하고 있지 않다. 하지만 그가 함 고르기에서 겉모습에 현혹되지 않고 올바른 함을 고르게 함으로써 그에게도 긍정적 면모를 부여한다.

3. 함 고르기의 의미

포샤는 아버지가 남겨 놓은 유서 때문에 스스로 배우자를 택할 수가 없다. 덕망 높은 포샤의 아버지는 금, 은, 납으로 된 세 개의 함 가운데 하나에 포샤의 초상화를 집어넣고 그 초상화가 들어 있는 함을 고른 자와 딸이 결혼을 하도록 유언을 남겼다. 금, 은, 납 세 개의 함에는 각기 문구가 새겨져 있었다. 금함의 문구는 '나를 택하는 자는 많은 이들이 바라는 것을 얻게 되리라.', 은함의 문구는 '나를 택하는 자는 자신이 가질만한 것을 갖게 되리라.', 납함의 문구는 '나를 택하는 자는 가진 모든 걸 걸고 모험해야 하리라.'였다.

청혼자들은 각자 나름의 논리를 가지고 함을 골랐다. 우선 모로코 군주는 포샤처럼 값진 보석이 금보다 못 한 것 속에 들어 있을 리가 만무하다고 생각하여 금함을 골랐다. 그런데 그 함 안에서는 해골과 함께 다음 글귀가 적힌 쪽지가 나왔다.

반짝이는 것이 다 금은 아니다.
그대는 이 말을 자주 들었으리라.
많은 사람들이 목숨을 팔았노라.
내 겉모습만 보고서.
금으로 도금한 무덤엔 구더기가 우글거리노라.

'반짝이는 것이 다 금은 아니다', 누구나 다 아는 이 유명한 경구가 바로 이 장면에서 나온 것이다.

다음으로 애러곤의 영주는 요행을 바라거나 과분한 것을 탐하지 않고 자기 분수에 맞는 걸 고르겠다며 은함을 골랐다. 그런데 그 안에는 눈을 껌뻑기리고 있는 멍청이의 초상과 함께 다음과 같은 글귀가 들어 있었다.

이 은함은 불에 일곱 번 달궈졌다.
그대 판단도 일곱 번 달궈졌다면
잘못 선택하지 않았으리.

마지막으로 밧사니오는 금과 은으로 된 함을 제쳐 두고 납함을 선택했다. 밧사니오는 사람들이 어떻게 외양에 속아 잘못된 선택을 하는지 간파하고 있었기 때문이다. 다음 대사에 그의 생각이 담겨 있다.

세상 사람들은 항상 겉모습에 속는 법.
법정에서 아무리 추하고 부패한 변론이라 해도
달콤한 목소리로 치장하면
악의 모습을 감추지 않는가?

그래서 그는 외양도 초라하고 달콤한 약속 대신 위협적인 문구가 적혀 있는 납함을 선택했다. 그 안에는 아름다운 포샤의 초상화와 함께 다음과 같은 문구가 적힌 쪽지가 들어 있었다.

겉모습을 보고 선택하지 않은 그대
바르고 진실하게 잘 선택했노라.

각 함에서 나온 쪽지 내용을 통해 알 수 있듯이 함 고르기가 갖고 있는 의미는 겉모양에 현혹되지 말고 현명한 판단을 하라는 메시지이다. 이 게임은 겉으로 보이는 것 너머에 감추어져 있는 진실을 파악할 수 있는 능력을 테스트하는 것으로써, 딸의 신랑감으로 올바른 인격과 판단력을 지닌 자를 택하기 위한 궁리에서 나온 조처였던 것이다. 셰익스피어는 이 함 고르기를 통해 그의 많은 작품에 일관적으로 관통하고 있는 주제인 '외양과 실재의 괴리' 문제를 다루고 있다. 즉 셰익스피어는 번지르르한 외관이나 편견에 쉽게 속는 인간의 어리석음을 보여 주며 외관과 실재를 혼동 말라는 메시지를 전하고 있다.

4. 앤토니오의 우울증

이 극의 첫 대사를 통해 앤토니오는 자신이 원인을 알 수 없는 우울증에 걸려 있다고 하소연한다. 친구들은 모든 재산이 바다에 떠 있어서 그 걱정 때문일 것이라고 말하지만 그는 그건 아니라고 부인한다. 그러고는 그의 우울증의 원인이 극 속에서 밝혀지지는 않는다. 하지만 극이 진행되면서 우리는 그 우울증이 다가올 불행에 대한 전조이면서 밧사니오의 청혼 모험 때문일 것이라고 짐작하게 된다.

밧사니오를 위해 자신의 육신을 담보로 돈을 빌리는 플롯뿐만 아니라 밧사니오가 청혼 길에 오를 때 흘리는 눈물 등 앤토니오는 밧사니오에 대해 헌신적인 사랑에 빠져 있다. 그리고 "자네가 필요하다면 내 돈지갑도, 내 자신도, 내 마지막 한 푼까지 다 갖다 쓰게."라는 앤토니오의 대사, "그는 밧사니오 때문에 이 세상을 사랑하는 거 같아."라는 솔레이니오의 대사, "앤토니오, 나는 목숨만큼이나 소중한 아내와 결혼했네. 그러나 이 목숨도, 내 아내도, 아니 온 세상도 자네 목숨보다 더 소중하지는 않네."와 같은 밧사니오의 대사들을 통해 볼 때 이들의 관계는 보통의 우정을 능가하는 관계로 보인다.

이런 밧사니오와 앤토니오의 관계는 많은 논란을 낳았고, 지고지순한 우정으로 보는 견해도 있지만, 동성애 코드로 보는 견해도 있다. 따라서 앤토니오의 존재는 포샤와 밧사니오의 결혼 생활에 장애가 될

여지가 있다. 실제로 밧사니오가 함 고르기에 성공하여 결혼을 약속하는 순간에 앤토니오의 편지가 도착하여 포샤는 밧사니오를 베니스로 보낼 수밖에 없게 된다. 또한 반지를 둘러싼 갈등 상황에서도 밧사니오는 아내의 반지를 지키려 하지만, 앤토니오의 설득에 의해 반지를 빼서 재판관(사실은 변장한 포샤)에게 보내게 된다.

결국 포샤는 남편이 앤토니오에게 진 부채를 갚지 않으면 온전히 밧사니오를 차지할 수가 없는 입장이다. 포샤가 베니스 법정까지 가서 앤토니오를 구명하는 이유가 여기에 있는 것이다. 밧사니오가 앤토니오에게 진 빚을 완전히 청산함으로써 포샤는 밧사니오를 그에게서 완전히 자유롭게 만들 수 있다. 그리고 벨몬트로 돌아와 밧사니오가 아내에게만 충실한 남편이 되겠다는 맹세의 증인으로 앤토니오를 세운다. 베니스에서 육체를 담보로 밧사니오의 보증인이 되었던 앤토니오는 벨몬트에서 자기 영혼을 담보로 다시 밧사니오의 보증인이 되는 것이다. 결국 밧사니오, 앤토니오, 포샤의 삼각관계에서 포샤는 철저한 승자가 된다.

5. 남장(男裝) 여성 인물들, 도식화된 성 역할을 뒤집다

셰익스피어는 많은 희극 작품에서 남장한 여자 인물들을 등장시킨다. 과거 계급 사회에서 의복이란 사회 계층을 구별해 주는 하나의 지침이었다. 그래서 색상과 옷감에서 차이가 나는 계급별 의복이 정해져 있었다. 따라서 의복 규범을 어기는 것은 사회 질서를 방해하는 행위로 여겨졌다. 그럼에도 셰익스피어는 남장이라는 수단을 동원하고, 그를 통해 여성들이 남성들의 세계에 도전하게도 하고, 흔히 여성의 속성이라 여겨진 여성성에서 벗어나게도 한다.

『베니스의 상인』은 셰익스피어 극 중에서도 여성의 역할이 가장 두드러진 극이고, 전통적인 성 역할의 경계를 허무는 서사가 지배적인 극이다. 그리고 남장한 여성 인물들이 피를 보고 기절한다거나 칼싸움 등에 부딪쳐 변장한 성 역할을 제대로 수행하지 못한 반면, 포샤는 남성들만의 세계라 알려져 있는 법정에서 뛰어난 지력과 재치로 남성들이 해결하지 못한 난제를 해결한다. 그리고 흔히 남성들만이 할 수 있는 일이라고 여겨지던 법률적 논쟁, 수사학, 변론 등을 능히 해낸다.

이런 포샤의 역할을 통해 셰익스피어는 남성적, 혹은 여성적이라는 성별 기질 혹은 능력 자체가 타고난 것이 아니라 관습에 의한 것임을 보여 준다. 포샤라는 이름을 로마의 유명한 정치가 카토의 딸이자, 공화주의를 지켜 내고자 줄리어스 시저를 암살한 마르쿠스 브루투스의 아내 이름에서 따온 데서도 셰익스피어의 의도를 잘 읽어 낼 수가 있다.

로마 역사 속 포샤는 여성들에게는 배제되었던 정치적 토의를 아버지와 남편과 함께했던 여성이다. 이런 역사 속 인물의 이름을 여주인공에게 부여함으로써 이 극 속 포샤도 여성의 범주를 넘어 법정에서 지적 능력과 지혜 등을 발휘하며 활약할 것임을 암시한 것이다.

베니스 법정에서 공작을 비롯한 뭇 남성들이 보이는 무능한 모습과 대비되는 포샤의 모습, 밧사니오를 비롯한 구혼자들에 의한 신격화, 극 말에 앤토니오와 로렌조에게 기쁜 선물들을 전함으로써 만나를 내려주는 신에 비유되는 등의 설정을 통해 셰익스피어는 기존 가부장 이데올로기에 의문을 제기하고 성 역할에 대한 고정 관념에서 탈피하여 진보적 여성관을 보여 주고 있다.

이 극에서 이런 근대적 여성관을 제시하고 있는 것은 이 작품이 탄생한 시기가 중세에서 근대로 넘어가는 사회 문화적 격동기였을 뿐만 아니라, 여성을 군주로 모시고 있던 시기였고, 또한 여성 관객이 상당수를 차지하는 극장 환경 탓일 것이다. 셰익스피어 학자 줄리엣 듀신베르(Julliet Dusinberre)도 "관객의 상당수가 여성들이었고, 수입이나 인기 면에서 여성 관객을 즐겁게 해야 할 필요성을 직시한 극작가들이 여성의 권리에 대해 급진적인 태도들을 취했을 가능성이 높았으리라는 점을 전적으로 부인할 수 없다."고 주장했다.[1]

---

1 Juliet Dusinberre, *Shakespeare and the Nature of Woman*. London: Macmillan, 1979, 71쪽.

6. 작품 속 정의(justice)와 자비(mercy)는 무엇을 의미하는가?

살아 있는 사람의 살을 요구한다는 점에서 샤일록의 소송은 합법적이기는 하지만, 인간의 도리에서 벗어나 비도덕적인 주장이 된다. 하지만 샤일록은 자신이 제기한 비인륜적인 소송을 '정의'란 말로 합리화한다. 이렇게 '정의'를 내세워 부당하게 타인의 생명을 노리는 샤일록은 자신의 소송이 앤토니오에 대한 증오심을 풀기 위한 것임을 거리낌 없이 드러낸다. 그리고 베니스의 공작과 밧사니오 등이 원금의 몇 배를 제시하면서 그를 설득해도 요지부동으로 정의만 부르짖는다. 샤일록은 자신의 합법적인 권리 주장을 무시할 경우, 베니스에서 발생할 법적 무질서를 들먹이며 베니스 법정을 위협한다.

이때 젊은 법학 박사 발싸자로 변장한 포샤가 등장하여 끊임없이 자비의 미덕에 대해 설파하면서 샤일록의 자발적인 자비를 촉구한다. 하지만 샤일록은 끝까지 "문자대로" 차용 증서를 이행할 것을 고집한다. 이때부터 포샤가 이끌어 가고 있는 앤토니오의 재판 과정은 사실 샤일록의 악의와 살해 의도를 확인하는 과정이 된다. 이 과정을 통해 샤일록의 악의와 앤토니오 살해 의도를 확인한 포샤는 비로소 상황을 전복시킨다. 즉, 마지막 순간에 앤토니오의 살을 떼어 내되 피는 한 방울도 흘려서는 안 된다는 단서를 붙임으로써 이전까지의 상황을 반전시킨다. 그리고 베니스 내국인 보호법을 적용하여 샤일록을 단죄한다. 그런데 포샤는 이 순간에도 "앤토니오, 당신은 이자에게 어떤 자비를 베풀겠소?"라며 앤토니오에게도 가해자인 샤일록에게 자비를 베풀 것을 종용한다.

도대체 이 작품에서 샤일록의 '정의'와 포샤의 '자비'는 무얼 상징하는 걸까?

유대교의 율법주의와 기독교의 자비 사상의 대결

흔히 샤일록의 '정의'는 구약을 바탕으로 한 유대교의 율법주의를 상징하고, 포샤의 '자비'는 신약을 바탕으로 한 기독교의 자비 사상을 상징하는 것으로 해석된다. 예수를 구세주로 인정하지 않는 유대교에서는 구약 성서만 경전으로 인정한다. 반면, 하나님이 인류를 구원하기 위해 당신의 독생자인 예수를 세상에 보냈다고 믿는 기독교에서는 예수의 탄생부터 그가 행한 기적을 기록한 신약 성서까지 경전으로 받아들인다. 결국 유대교에서 믿는 신은 율법의 신이고, 기독교에서 믿는 신은 사랑과 자비의 신이 된다.

포샤는 "정의만 고수한다면 아무도 구원을 얻지 못할 것"이라고 주장한다. 이는 유대교의 율법주의에 대한 비판으로 볼 수 있다. 결국 셰익스피어는 포샤의 승리를 통해 기독교의 사랑의 승리를 그린 것이라고 평자들은 말한다.

보통법과 형평법의 대결

또한 법전문가들은 이 극이 셰익스피어 시대에 있었던 보통법 법원과 형평법원 사이의 치열한 주도권 쟁탈전을 극화한 것이라고 본다. 보통법이란 중세 이래 영국의 보통법 법원이 유용해 온 판례에서 구체화된 관습법을 말하고, 형평법이란 선례나 제정법이 적용될 수 없거나 적합하지 않은 경우에 구제해 주기 위해 생겨난 것이다. 죠지 키톤(George Keeton)은 셰익스피어가 이 극을 쓸 당시 영국에는 보통법 법원과 형평법원이 분리되어 있었다고 설명한다. 그러면서 이 극은 법과 형평 사이의 갈등을 아주 노련하게 진단하고 있다고 주장한다.2 자비심이나 동정심 없이 법의 실행을 촉구하는 샤일록은 보통법의 특징인 법의 경직성을 상징한다. 반면, 법을 부정하지는 않으나 자비 또는 형평으로 완화해야 한다고 주장하는 포샤는 형평법의 정신을 구현한다. 그리고 베니스 법정에서 포샤의 승리를 통해 셰익스피어는 형평법에 손을 들어 주었다고 본다.

---

2 George W. Keeton, *Shakespeare's Legal and Political Background*. New York: Sir Issac Pitmam & Sons, 1967. 136-137쪽.

7. 포샤의 판결은 법적으로 공정한가?

『베니스의 상인』은 셰익스피어의 대표적인 법률 희곡이다. 이 극에는 사적 계약이나 법의 문구의 해석 문제, 법 집행의 문제, 설득을 위한 수사학의 문제, 복수와 법, 법과 형평, 자비와 정의 등 법과 관련된 거의 모든 것들이 다루어지고 있다.

법학자 안경환은 이 인육 재판 사건의 법적 쟁점은 사적 계약의 자유의 한계 문제라고 주장한다. "선량한 풍속, 기타 사회 질서에 위반되는 법률 행위는 무효"라는 것이다. 사람들이 자유롭게 맺은 사적 계약도 사회 전체의 공익을 해치지 않는 범위에서만 효력을 지닌다. 그래서 앤토니오의 친구 솔레이니오는 "공작님이 절대 위약물 지불을 허락하지 않을 걸세.(3막 3장 24~25행)"라고 생각한다.

그리하여 타인의 목숨을 빼앗기 위해 공공연히 칼을 갈고 있는 샤일록의 행동을 막지 못하는 베니스의 법은 무용한 것으로 느껴진다. 이에 앤토니오의 친구 그라쉬아노는 "너 같은 놈을 살려 두다니 법이 잘못된 거지!(4막 1장 129행)"라고 탄식한다. 이런 대사들을 통해 샤일록의 인육 재판이 도덕적으로 용납될 수 없는 악행인 줄 알면서도 합법성이라는 미명하에 정당화될 수밖에 없는 법 현실의 부조리함이 드러난다. 이런 암울한 법 현실을 묘사함으로써 셰익스피어는 법치주의의 문제점과 한계를 보여 준다.

포샤는 재판 초기에는 샤일록의 자비를 촉구하여 원만히 해결하고

자 노력한다. 하지만 재판 과정에서 샤일록의 악의와 살해 의도가 드러나자 그녀의 재판은 거꾸로 법을 그릇되게 주장함으로써 비극적 갈등을 초래한 샤일록을 단죄하는 것으로 변모한다. 결국 포샤는 정의를 부르짖으면서 증서에 쓰인 "문자"만을 내세우며 앤토니오의 목숨을 노리는 샤일록을 똑같은 방식으로 궁지에 몰아넣는다.

우선 증서에 피에 대해서는 적혀 있지 않으므로 살 1파운드를 떼어가되 피는 한 방울도 흘려서는 안 된다는 판결을 내린다. 이런 판결 때문에 샤일록은 앤토니오 살을 떼어 내는 것뿐만 아니라 빌려 준 원금도 포기하게 된다. 거기서 더 나아가 포샤는 외국인인 샤일록이 앤토니오의 목숨을 노린 것에 대해 베니스의 내국인 보호법을 적용한다. 이와 같이 포샤는 샤일록의 합법적인 권리 주장 이면에 숨겨진 가해 의도를 밝힘으로써 샤일록의 입장을 피고의 위치로 바꾸어 놓는다. 결국 포샤는 샤일록과 똑같은 방식으로 차용 증서를 문자대로 해석을 하여 불합리한 소송을 무효화시키고 부당하게 작용하는 법의 효력을 정지시킨다.

리차드 포스너(Richard Posner)라는 법률가에 의하면 8:2 정도로 다수의 법률가가 포샤의 이 판결에 공감하거나 동의를 표한다고 주장한다. 이들은 포샤의 승리는 법의 자구(字句)에 대한 형평과 자비라는 법의 정신의 승리, 형식주의에 대한 법현실주의의 승리라고 본다. 하지만 나머지 20%의 법률가들은 포샤의 판결을 궤변이요, 차용 증서에 대한 우스울 정도의 자구적 해석이요, 비논리적이고, 부조리하다고 평가한다고 한다.[3]

폴 M. 페렐(Paul M. Perell)은 이 극 속에서 셰익스피어가 극적 필요성 때문에 법적 정확성을 희생하고 있다고 지적한다. 우선 당대 영국법상 샤일록이 요청한 차용 증서의 엄중한 이행은 구속력이 없었다고 주장한다. 그리고 포샤의 판결에서도 계약상 1파운드의 살의 몰수에는 그로 인해 흘리게 될 피는 전제되어 있는 것인데, 원고인 샤일록이 아무런 반박도 하지 않은 것이 설득력이 없다고 주장한다. 마지막으로 민사 소송이 진행되는 중에 원고가 형사 소송의 피고가 될 수도 없다고 주장한다. 하지만 페렐은 이러한 법적 부정확성을 지적하면서도 법에 대한 보편적 주제를 논의하고 있는 이 작품의 가치는 사라지지 않는다고 인정한다.4

3 안경환, 『법 셰익스피어를 입다』, 63쪽에서 재인용.
4 Paul M. Perell, "Deceived with Ornament: Law, Lawyers and Shakespeare's *The Merchant of Venice*", 10쪽.

8. 셰익스피어는 반유대주의자인가?

『베니스의 상인』은 유대인 샤일록을 둘러싸고 셰익스피어의 인종 차별주의에 대한 논란이 계속되어 온 작품이다. 작품 속에서 샤일록을 향해 무수한 비난과 욕이 쏟아지는데 그는 빈번히 "악마", "개", "늑대" 등으로 불린다. 그의 딸마저도 탐욕스럽고 몰인정한 그를 증오하여 금은보화를 훔쳐 기독교인과 도망간다. 그리고 이때 딸에 대한 걱정과 염려보다는 잃어버린 재물에 절망하는 샤일록의 모습도 대단히 탐욕스럽고 비정하게 비춰진다.

앤토니오의 살 1파운드를 베고야 말겠다고 집요하게 계약 이행을 요구하는 재판 장면에서는 잔인할 정도로 냉혈적인 모습을 보인다. 그래서 샤일록은 오늘날에도 탐욕스럽고 비정한 유대인의 대명사로 사용되고 있다.

많은 비평가들은 셰익스피어가 이 극에서 기독교 사회의 타자라고 볼 수 있는 유대인 샤일록을 매우 부정적으로 악마화했다고 비난해 왔다. 물론 어떤 작가도 당대의 보편적인 사고방식에서 완전히 자유로울 수 없고, 셰익스피어 역시 이 점에 있어서는 예외가 아니다. 그리고 앞에서도 언급했듯이 셰익스피어는 당시 영국에서 번졌던 강한 반유대주의 감정 때문에 이 극을 집필한 것으로 보인다.

그럼에도 불구하고 셰익스피어는 샤일록을 아주 모호하게 제시하고 있다. 샤일록에게 항변의 목소리를 부여하여 그동안 앤토니오가 그를 얼마나 경멸하고 모욕했는지 드러낸다. 그동안 기독교인들이 행한 유대 민족에 대한 멸시를 따지고 든다. 유대인도 기독교인들과 똑같은 인간임을 역설하는 샤일록의 목소리는 핍박받는 전 유대인, 나아가 모든 억압받는 자들의 인간적 호소를 담고 있다.

"당신들이 나에게 가르쳐 준 악행을 나도 할 거고, 어렵더라도 당신들의 가르침을 능가할 거요."는 샤일록의 대사를 통해 셰익스피어는 그의 잔인한 행동의 원인 제공이 바로 유대인들을 경멸하고 탄압한 기독교 사회임을 역설한다. 이런 대사들을 들으면 셰익스피어가 유대인이 아니라 오히려 기독교인들의 편협한 반유대주의를 비판하고 있는 것은 아닐까 의심스럽다.

셰익스피어가 샤일록을 이렇게 모호하게 제시하고 있기 때문에 무대에서의 샤일록 재현은 공연마다 크게 달라 우스꽝스런 광대에서부터 비장한 순교자의 모습까지 다양하게 재현됐다. 그는 어떤 장면에서는 탐욕스런 고리대금업자로, 잔인한 기독교 증오자로, 딸의 안위보다 잃어버린 재물에 분개하는 비정한 아버지로 그려진다. 하지만 다른 장면에서는 기독교인들의 탄압과 차별에 시달려 원한 맺힌 희생자로 그려지기도 한다.

그래서 존 도우버 윌슨(John Dover Wilson)은 샤일록을 셰익스피어 극에서 "햄릿 이후 가장 난해한 인물"이라고 주장했다.5 또 H. B. 찰톤

---

5 John Dover Wilson, "*The Merchant of Venice* in 1937 " *Shakespeare's Happy Comedies,* London: Faber & Faber, 1969, 105쪽

(H.B. Charlton)은 셰익스피어가 당대의 반유대주의 감정에 호소력을 지닌 악랄한 유대인을 만들려했으나 그의 예술적 감수성과 동정심으로 인해 전형적인 악한을 만들어 내는데 실패했다고 주장했다.6

결론적으로 셰익스피어는 이 작품에서 당대의 반유대주의 문화를 거울에 비추듯 고스란히 드러내 보여 준다. 그리고 당시의 양상을 그 대로 담아 낸 이 텍스트에서 기독교인들의 편견과 그들이 부르짖는 자 비라는 미덕의 편협성도 그대로 드러낸다. 그런데 후대인들이 이 작품을 반유대주의 감정을 강화하는 목적으로 이용하면서 셰익스피어에 대한 오해를 생산해 왔다. 나치가 유대인 탄압을 정당화하기 위해 이 극을 많이 상연했을 뿐만 아니라 샤일록을 대단히 악의적으로 극화했다는 역사적 사실도 그 예 중 하나이다.7

---

6 H.B. Charlton, *Shakespearian Comedy*, London: Methuen, 1984, 128~129쪽
7 1933년에만 나치는 이 극을 20여 회 공연했다고 한다. 그리고 1934~1939년 사이에 30여 회 공연을 했다는 기록이 남아 있다.

9. 반지 에피소드의 의미

3막에서 포샤는 자신이 간절히 원하던 밧사니오가 바른 함을 고르자 기쁨에 가득 차서 밧사니오에게 자신의 모든 재산과 집, 하인들과 자기 자신까지도 양도한다. 그리고 밧사니오를 군주요, 지배자요, 왕이라고 떠받들고 자신에 대해서는 교양도 없고 배움도 부족하며, 경험도 부족한 여자라고 비하한다. 이런 모습에서 포샤가 모든 법적 권리를 포기하고 가부장 이데올로기를 따라 순종적인 아내의 역할을 받아들이는 듯하다.

그러나 그녀는 그 대사 마지막 부분에서 밧사니오의 손에 '영원한 사랑의 징표'인 반지를 끼워 준다. 그리고 절대 이 반지를 버려서도, 잃어버려서도, 남에게 주어서도 안 된다고 경고한다. 만약 그럴 경우에는 사랑의 약속을 어긴 것으로 간주하고 자신이 큰소리치는 입장이 되겠다고 주장한다. 여기서 큰소리를 친다는 것은 가정에서의 주도권을 쥐겠다는 의미일 것이다.

그런데 나중에 재판관으로 변장하여 베니스 법정에서 앤토니오를 구해 낸 뒤 포샤는 이 반지를 노고의 대가로 받아 낸다. 그러고는 반지를 남에게 빼어 준 사실을 빌미 삼아 결혼 생활에서의 주도권을 장악한다.

이렇듯 포샤는 이 반지를 통해 겉으로는 가부장제의 아내의 위치를 받아들이는 척하면서 실제로는 주도권을 행사할 빌미를 만들어 놓은 것이다. 듀신베르는 그녀의 복종은 일종의 겉치레일 뿐이고, 그녀가 하고 있는 변장과 같은 것일 뿐이라고 주장한다. 결국 포샤는 기지를 행사하여 아내의 역할을 수용하면서도 전통적 의미에서의 아내의 위치가 아닌 새로운 위치를 차지하는 것이다.

포샤의 그런 교묘한 태도는 아버지의 유언과 관련해서도 나타난다. 그녀는 죽은 아버지의 유언에 따라 자기가 원하는 사람을 택할 수도 없고, 싫은 사람을 거부할 수도 없는 가부장제의 부조리함에 대해 탄식한다. 그 이유는 아버지의 생시에 벨몬트를 방문한 적이 있던 베니스의 밧사니오라는 청년을 마음에 두고 있었기 때문이다.

하지만 그녀는 "점쟁이 시빌라처럼 오래 산다 해도 아버지의 유언에 따라 결혼하지 않는다면, 디아나 여신처럼 처녀로 늙어 죽을 거야."라고 말하며 아버지의 유언을 어기고 결혼 상대자를 택하지는 않겠다고 다짐한다.

그런데 이때 우리는 함을 고르는 데 포샤가 제한적이지만 개입하고 있다는 사실을 간과해서는 안 된다. 포샤는 술꾼 청혼자를 물리치기 위해 네리사에게 잘못된 함 위에다 술잔을 갖다 두어 그의 선택에 혼란을 주어야 한다는 대사를 한다. 또한 밧사니오가 함을 고르는 동안 하녀들에게 노래를 부르게 하는데, 그 노래의 각운(脚韻)을 통해 올바른 함에 대한 힌트를 주고 있다. 포샤의 시녀들은 lead(납함)와 운이 같은 'bred', 'head', 'nourished'의 단어들로 각 시행의 끝에서 각운을 맞춰 밧사니오에게 힌트를 제공한다.

반지 에피소드와 마찬가지로 이 함 고르기에서도 포샤는 가부장 이데올로기에 표면적으로는 순종하는 듯하지만 실제로는 그렇지 않다는 것을 알 수 있다.

William Shakespeare

윌리엄 셰익스피어 연보

아래 셰익스피어 연보는 셰익스피어에 관한 얼마 안 되는 자료를 기초로 학계에서 인정하는 사실들의 요약이다. 이러한 편린들을 통해 서나마 언어가 지닌 깊이와 아름다움을 가지고 인간과 세상에 대해 탐구한 위대한 작가의 삶을 상상해 보는 데 도움이 되길 바란다.

1558년   엘리자베스 1세가 25세의 나이로 튜더 왕조의 마지막 군주로 등극.

1564년   흑사병이 창궐하던 해, 런던의 워릭셔 주의 소도시 스트랫퍼드어폰에이번에서 아버지 존 셰익스피어(John Shakespeare)와 어머니 메리 아든(Mary Arden) 사이에서 셋째 아이이자 장남 윌리엄 셰익스피어(William Shakespeare) 탄생. 4월 26일 세례 기록으로 보아 탄생일을 4월 23일로 추정.

동료 극작가 크리스토퍼 말로우(Christopher Marlowe)도 이 해에 출생.

1573년 셰익스피어의 후원자인 사우샘프턴 백작(Earl of Southampton) 헨리 리즐리(Henry Wriothesley) 출생.

1576년 영국 최초이 공공극장인 씨어터(The Theatre) 건립, 이를 시작으로 하여 런던은 연극의 도시로 변모해 감. 한편 셰익스피어의 아버지가 불미스런 일에 연루되어 공직에서 은퇴. 셰익스피어의 공식적인 교육은 13세 무렵 중단된 것으로 추정.

1582년 18세의 이른 나이에 8살 연상인 부유한 집안 출신 앤 해서웨이(Anne Hathaway)와 결혼. [1623년에 67세의 나이로 사망했다는 묘비에 근거한 계산]

1583년 장녀 수잔나(Susanna) 출생.

1585년 쌍둥이 자녀인 햄닛(Hamnet)과 주디스(Judith) 출생.

1586년 이때부터 1592년까지의 기간 동안에 대한 기록이 없다. [이 시기를 '잃어버린 시절'이라 부른다.]

1587년 1567년에 스코틀랜드의 왕위에서 쫓겨나 2년 후 영국으로 망명 와 있던 메리 여왕(Mary Stuart)이 반란 혐의로 처형. 셰익스피어가 여왕의 극단(Queen's Men)에서 활동했을 것으로 추정. (이 극단의 여러 레퍼토리가 셰익스피어 작품과 겹치는 점으로 미루어 추정.)

1588년 메리 여왕의 처형을 빌미로 가톨릭 국가 스페인이 엘리자베스 여왕을 왕좌에서 끌어내리려고 강력한 해군을 파견했으나, 해적

출신 제독 드레이크(Sir Francis Drake)가 스페인의 무적함대인 아르마다(Armada) 호를 격파.

1589년 셰익스피어는 연극계에 종사하기 전 단역 배우로 활동. 이 무렵 『헨리 6세』 1부를 집필한 것으로 추정. [1592년 3월 로즈 극장에서 이 희곡이 공연되어 대성공을 거두었다는 기록이 남아 있다.]

1590-91년 『헨리 6세』 2, 3부를 집필한 것으로 추정.

1592년 대학 출신 극작가 로버트 그린(Robert Greene)이 「많은 후회로 얻은 서푼짜리 기지 *A Groatsworth of Wit bought with a Million of Repentance*」라는 팸플릿에서 셰익스피어의 유명세를 비난. 이는 이 무렵이면 동료 극작가의 시기심을 불러일으킬 정도로 그가 두각을 나타내고 있었다는 것의 방증.

런던에 흑사병이 창궐하여, 7월부터 1594년 6월까지 극장들 폐쇄. 극단들은 지방 순회공연. 『리차드 3세』, 『비너스와 아도니스』 시집, 『실수 희극』을 집필한 것으로 추정.

1593년 후원자인 사우샘프턴 백작(당시 19세)에게 헌정한 시집 『비너스와 아도니스』 출간. 이 시집은 셰익스피어 생전 출간해서 거둔 가장 큰 성공 사례. 『타이터스 앤드로니커스』, 『말괄량이 길들이기』를 집필한 것으로 추정.

1594년 두 번째 설화시 『루크리스의 겁탈』을 출간. 이 또한 사우샘프턴 백작에게 헌정. 동료 작가이자 경쟁자였던 말로가 술집에서 시비 끝에 칼에 찔려 사망. 『베로나의 두 신사』, 『사랑의 헛수고』, 『존 왕』을 집필한 것으로 추정.

여왕의 전의(典醫)인 로페즈(Roderigo Lopez)가 여왕 독살 혐의로 처형됨.

'궁내부장관 극단(The Chamberlain's Men)'이 창설되고 셰익스피어는 그 극단의 전속 작가로 활동.

1595년 『리처드 2세』, 『로미오와 줄리엣』, 『한여름 밤의 꿈』을 집필한 것으로 추정.

1596년 열한 살이던 아들 햄닛이 사망. 아버지 존 셰익스피어가 문장(紋章)을 사용하는 것을 허가받은 뒤로 '신사(Gentleman)'로서 서명할 수 있게 됨. 『베니스의 상인』, 『헨리 4세』 1부를 집필한 것으로 추정.

1597년 스트랫퍼드에서 두 번째로 큰 저택 뉴플레이스(New Place) 매입. 『윈저의 즐거운 아낙네들』을 집필한 것으로 추정.

1598년 궁내부장관 극단의 시어터(Theatre) 극장 임대 계약이 만료되고 재계약이 어려워지자 새로운 극장 글로브(The Globe)를 설립, 셰익스피어와 극단 단원들이 극장의 공동 소유주가 됨. 『헨리 4세』 2부, 『헛소동』을 집필한 것으로 추정.

1599년 『헨리 5세』, 『줄리어스 시저』, 『좋으실 대로』를 집필한 것으로 추정. 아일랜드 총독이었던 에섹스 백작(The Earl of Essex)이 아일랜드 반군을 평정하러 나섰다가 자의적으로 휴전 협정을 맺고 여왕의 명령을 어기고 귀국했다가 연금됨. 풍자물 출판 금지령 선포.

1600~1601년 『햄릿』을 집필한 것으로 추정.

1601~1602년 연금이 해제된 에섹스 백작이 쿠데타를 일으킨 전날 밤

그의 요청으로 『리차드 2세』 공연. 에섹스 백작이 쿠데타 실패 이후 처형되고, 셰익스피어의 후원자였던 사우샘턴 백작도 이 반란에 연루되어 수감. 극단은 무죄가 입증되어 풀려남. 『십이야』, 『트로일러스와 크레시다』를 집필한 것으로 추정. 부친인 존 셰익스피어 사망.

1602년 『끝이 좋으면 다 좋아』를 집필한 것으로 추정.

1603년 엘리자베스 여왕이 예순아홉의 나이로 사망. 스코틀랜드의 제임스 6세(James VI)가 영국의 제임스 1세(James I)로 등극하여 스튜어트(Stuart) 왕조가 시작됨. 제임스 1세가 셰익스피어 극단을 후원하여 '왕의 극단(King's Men)'이 됨.

1604년 『자에는 자로』, 『오셀로』를 집필한 것으로 추정.

1605년 『리어 왕』을 집필한 것으로 추정. 제임스 1세의 종교 정책에 반발하여 가톨릭 인사들로 구성된 음모가들이 의회가 있는 웨스터민스터 궁 밑의 지하실에 화약을 설치하는 사건(Gunpowder Plot)이 있었으나 내부자의 발설로 실패.

1606년 화약 음모 사건의 주동자인 폭스(Guido Fawkes)와 예수회 신부 가네트(Henry Garnet) 처형. 『맥베스』, 『안토니와 클레오파트라』를 집필한 것으로 추정.

1607년 『코리오레이너스』, 『아테네의 타이몬』, 『페리클레스』를 집필한 것으로 추정. 장녀 수잔나(Susanna) 결혼.

1608년 모친인 메리 아든 사망. 바로 그해에 '왕의 극단'은 실내 극장 블랙프라이어스(Blackfriars) 임대.

1609년 토머스 소프(Thomas Thorpe)라는 출판업자에 의해 『일찍이

인쇄된 적이 없는 셰익스피어의 소네트들 Shakespeare's Sonnets, Never Before Imprinted』이라는 제목으로 소네트집 출간. 『심벨린』을 집필한 것으로 추정.

1610년 『겨울이야기』를 집필한 것으로 추정.

1611년 『폭풍우』를 집필한 것으로 추정. 이 시기 거처를 스트랫퍼드로 옮김.

1612년 존 플레처(John Fletcher)와 함께 『헨리 8세』를 집필한 것으로 추정.

1613년 존 플레처와 함께 『고결한 두 친척』을 집필한 것으로 추정. 『헨리 8세』 공연 중 글로브 극장에 화재가 나서 소실된 이후 더 이상 작품을 쓰지 않음.

1614년 글로브 극장 재개관.

1616년 딸 주디스 결혼. 그해 4월 23일, 알려지지 않은 이유로 스트랫퍼드에서 셰익스피어 사망.

1623년 셰익스피어의 아내 앤 해서웨이 사망. 셰익스피어와 같은 극단 소속의 동료 배우이자 막역한 친구였던 존 헤밍(John Heminge)과 헨리 콘델(Henry Condell)에 의해 36개의 극이 수록된 최초의 셰익스피어 극 전집인 제1이절판(The First Folio) 출간.